SUCEDIÓ EN FRANCIA

M.F.L.

MAUSS BARNA

Sucedió en Francia

© Mauss Barna
Primera Edición

Autor–Editor : Mauss Barna
Lmgomezv72@gmail.com

Coautora–Editora : M.F.L.
Lmgomezv72@gmail.com

Diseño de Portada : Marisol Villarraga
marypublicista@gamail.com

ISBN 978–628–01–2973–0

Deposito Legal : 1941–2024

Impresión : IMPREFACIL–Bogotá

Fotos de Frank, Étienne, Jia Li, fondo Jean Pierre y flores Soldanella: Diseñadas por Freepik: www.freepik.com

Ninguna parte de esta publicación, incluyendo el diseño de cubierta, puede ser reproducida, almacenada o transmitida de manera alguna ni por ningún medio, ya sea electrónico, químico, mecánico, óptico, de grabación, en internet o de fotocopia, sin permiso previo del autor y de la coautora.

NOTA DE LOS AUTORES

En esta narración se rinde homenaje a las cualidades de todas las personas. El esfuerzo, la decisión y la perseverancia compensan a veces otras limitaciones.

1

¿Cuántas cosas pueden sorprender todavía a quien ha viajado por diversos países? ¡Muchísimas! Albert contemplaba en silencio el monumento militar que estaba visitando aquella tarde. En su condición de oficial retirado de la Infantería de Marina sentía particular respeto por toda estructura erigida en honor de un soldado, con total independencia respecto a qué época, por qué causa o bajo cuál bandera hubiera servido.

A su lado se encontraba Monique su esposa, quien por su parte admiraba más la calidad de la construcción pues siendo ella una arquitecta de reconocido discurrir por obras estatales, tenía la costumbre de analizar los aspectos técnicos en los lugares que captaban su atención.

Ni alrededor de su entorno, ni en lo que ellos estaban haciendo aquel día, parecía haber nada particularmente singular que lo diferenciara de los otros en su rutina cotidiana. No sería así, pero puede sucederle a cualquiera; cuando hay cambios al parecer uno no presta atención, o cuando uno presta atención al parecer no hay cambios.

Él era oriundo de Portland en el Estado de Maine y Monique procedía de Montreal. Vivieron las primeras etapas de su matrimonio en Estados Unidos en donde

Albert alcanzó un alto rango por su impecable trayectoria castrense. Ahora se concentraban en la educación de sus hijas y por eso se habían radicado en la tierra de los francos algunos años atrás.

Marie la menor estaba culminando su formación como bióloga, alcanzando altos estándares que le permitían augurar un futuro prometedor en el campo de la investigación, objetivo por el cual se había esforzado durante años de estudio continuado. Pronto iniciaría su maestría. Su hermana Julianne optó por el área de la medicina y se había convertido en una respetada además de solicitada radióloga. Ella era muy apreciada en diversos centros hospitalarios a causa de su gran disciplina y profesionalismo. Estaba casada con Philippe, un prestigioso médico de su misma especialidad, quien contaba con un apellido bien posicionado debido al elevado grado de conocimientos y equipos de tecnología de punta ofrecidos en sus servicios. Profesaba incuestionable dedicación a esa labor y fue distinguido con el primer puesto en el proceso de especialización avanzada.

En la actualidad disponían del tiempo suficiente para recorrer los vastos territorios franceses en busca de atractivos culturales que se hallaran situados en áreas diferentes a los tradicionales centros turísticos, demasiado congestionados incluso fuera de los períodos de temporada alta como se le denomina en la industria del turismo a la época de mayor afluencia.

De ese modo se encontraron ellos posando frente al mencionado Memorial militar, para un corto video que Albert enviaría a su compañero de armas en el Cuerpo de Infantería de Marina y además amigo personal desde hacía muchos años, Lewis Smith.

Finalizaba el invierno de ese año 2021 y en su casa en Brevard, Carolina del Norte, Lewis estaba observando con atención el video recibido de su apreciado amigo.

La familia Smith la conformaban Lewis el padre, hombre amable y de carácter benevolente, militar retirado e historiador que se desempañaba con frecuencia como asesor geoestratégico y Azucena su esposa de origen latinoamericano, quien con su temperamento fuerte e igual determinación, se dedicaba por completo al cuidado del hogar. Había obtenido un modesto título universitario y se había desempeñado en su profesión durante sus años de soltería pero debido a los constantes traslados hacia diferentes lugares y Guarniciones por la naturaleza del trabajo de su esposo, había preferido centrarse en su rol de ama de casa, de lo cual se sentía orgullosa.

Completaba el grupo su hijo, Frank Smith tenía 25 años y estaba limitado al uso de silla de ruedas permanente debido al grave diagnóstico de parálisis cerebral espástica desde su nacimiento.

La discapacidad de Frank jamás había sido impedimento para llevar una vida plena y feliz. Se educó en casa bajo la tutela de sus padres, disfrutando de diversas actividades. Debido a su personalidad sociable y optimista había conseguido cultivar un grupo pequeño y leal de amigos perdurables que le visitaban habitualmente y lo querían con sinceridad.

Lewis agradeció el saludo a Albert en su momento y el ritmo de vida de todos en su casa continuó sin ninguna novedad.

Algún tiempo después, unos primos de Frank llegaban de vacaciones a la misma región de Francia. Santiago formaba parte de una excursión de su universidad, siempre fue un joven aplicado, con excelentes calificaciones académicas y vehemente afición por adquirir conocimientos, desde filosofía metafísica hasta reparaciones frecuentes en un astillero naval. Cualquier texto que aportara nuevos datos acaparaba su interés. Tenía 18 años y cursaba el segundo de su educación superior.

La visita a unas estatuas militares en un lugar alejado que nadie parecía conocer, de seguro no coincidía exactamente con lo que sus compañeros de la facultad de ingeniería química habrían descrito como las vacaciones soñadas, para unos jóvenes que contaban con un muy breve lapso de estadía y que habían ahorrado con gran sacrificio propio cada euro que costaba su aventura.

Santiago era un líder innato y por lo mismo había logrado convencer a los otros estudiantes de realizar esa travesía. Por su propia cuenta estudiaba la historia a la par que las demás ramas del saber. Algo había aprendido sobre esas esculturas en las visitas a sus tíos, pues Manuel su padre es hermano de Azucena.

Existía además otro motivo para visitar la zona aunque dispusiera de tan poco tiempo, era poder saludar a su hermano Esteban, algunos años mayor que él. Contaron sus padres con la fortuna de que ambos muchachos resultaron ser hijos respetuosos, ciudadanos de bien y personas de provecho.

Los recursos económicos de Manuel y Alix su esposa se situaban dentro del promedio de la mayoría de los hogares, lo cual significaba que no habían estado en capacidad de consentirles a sus hijos lujos superfluos o innecesarios, pero que tampoco nada indispensable les había faltado jamás.

Haciendo su mejor esfuerzo, lograron brindarles una esmerada educación y les proveyeron de todos los medios necesarios para alcanzar una adultez responsable. No conocieron día sin alimento ni noche sin cobijo, pues sus padres asumieron como prioridad suministrarles todo lo que les fuera propicio a ambos jóvenes, para su correcto desarrollo tanto en lo físico como en lo emocional.

Y ellos lo supieron compensar. Esteban ha sido hijo irreprochable y meritorio. En su afán de apoyar económicamente a sus padres a futuro, gestionó por sus medios la especialización en alta cocina francesa después de culminar sus estudios en una afamada academia de gastronomía. Por ese motivo estaba en Francia y había acordado encontrarse con su hermano. Ocurrió así, departieron algunas horas y tomaron fotos de ambos frente al monumento para compartir el encuentro a la distancia con su familia.

Frank miraba con afecto el semblante de sus primos por quienes profesaba un gran cariño. Dado que trasladarse libremente estaba vedado para él, se interesaba con entusiasmo en mantenerse al tanto de las correrías de todos aquellos que en verdad le importaban. Utilizando la aplicación en su teléfono, localizó las coordenadas del sitio que estaban visitando sus parientes y notó que quedaba cerca de un lugar que él sí conocía. Sentado en su silla, dentro del estudio, llamó:
—¿Papá, puedes venir un momento?
—Ya voy Frank.
—Mira esta foto de Esteban y Santiago, eso está en las proximidades de Roville.
—Déjame ver... sí, tienes razón. Tanto que he recorrido esa región en mis últimos viajes a Francia y al parecer yo soy el único que no conoce ese monumento, supongo que es el que unos amigos míos vieron hace poco. Por esos lares hay varios que conmemoran gestas de distintas conflagraciones, sin embargo no estoy seguro de haber visto este, verificaré en mi celular si es el mismo.

Al regresar Lewis confirmó:
—Sí, ese es, míralo en detalle.
—Permíteme el teléfono un momento.

La mayor parte de toda la vida de Frank había transcurrido dentro del perímetro de su residencia y por lo regular, practicando las repetitivas acciones diseñadas para la rutina inherente a su condición. Las horas de un día normal para él se repartían entre los distintos espacios del hogar; la sala de televisión, el estudio con su biblioteca, el comedor familiar y su habitación privada. Por esta misma razón sus padres siempre habían preferido residir en casas amplias e iluminadas, rodeadas de coloridos jardines y espacios abiertos de ambiente calmado pero ameno, favorables al libre desarrollo del muchacho.

Eso les atrajo a Brevard, ubicada en el Condado de Transilvania. Es una ciudad acogedora, sus suburbios ofrecen entornos abundantes en vida silvestre y preciosas vistas apreciadas por los amantes de la naturaleza, como las que se pueden contemplar en el parque nacional de reserva Blue Ridge Park. Toda la región se destaca por ofrecer la posibilidad de desarrollar excursiones de senderismo y visitas guiadas por naturalistas expertos a locaciones y arboledas de inusitado esplendor. También cuenta con numerosas cascadas de límpidas aguas, así como la cercanía al Bosque Nacional Pisgah en los Montes Apalaches, extensa área de reserva natural, prueba indiscutible de los constantes y extraordinarios esfuerzos realizados en aras de la preservación.

La vida era interesante en Brevard debido a que cuenta con atracciones que satisfacen múltiples gustos, incluyendo el Museo de Historia de Veteranos de las Carolinas, la Mina de Gemas de la Montaña de Cristal y los Mercados de Granjeros de Transilvania para aquellos que priorizan los alimentos saludables. Hay prestigiosas cervecerías con bebidas excelentes, también magníficas tiendas y almacenes en donde los Smith consiguen todo lo necesario, a buenos precios y de alta calidad. Por sus habitantes cordiales, de tendencia noble y honesta, los Smith decidieron construir su residencia definitiva en sus alrededores. En su criterio resultaba un lugar ideal, pues a su aire puro y exuberante vegetación, se sumaba el bien conocido respeto supremo que la población de Brevard, al igual que todos los pueblos civilizados, profesa hacia los discapacitados, los mayores y la protección a cualquier especie animal. La familia Smith nunca había visto ardillas de color blanco en su totalidad antes de vivir ahí, allí son comunes y constituyen un símbolo representativo de la ciudad.

Sin posibilidad de desplazarse en forma autónoma y siendo consciente de sus propias limitaciones cognitivas, Frank había desarrollado otra serie de aptitudes que compensaban con creces su afectación fisiológica. Por propia iniciativa había incursionado en el complejo mundo de la computación y de manera autodidacta incrementado sus conocimientos, dado que se impuso el objetivo de aprender por su misma cuenta, a ensayo y error, la mayor cantidad posible de estas maniobras.

Es inteligente y posee una memoria extraordinaria. Quizás debido a su reducido campo de acción ha desarrollado las habilidades adicionales de procesar con rapidez los sonidos a su alrededor, incluyendo lo que hablan quienes están cerca de él. También puede observar con mayor detenimiento los objetos que le conciernen, lo mismo que su entorno general. Pareciera archivar en su mente imágenes puntuales. Esta gama de aptitudes a veces se desarrolla de forma más marcada en personas que ven restringidas sus oportunidades para perfeccionar las habilidades que requieran el uso de potencia muscular o de equilibrio controlable a voluntad.

Podría interpretarse como que la atención al detalle es arma útil para aquellos organismos carentes de otro medio de defensa tan desapercibido para quienes sí lo tienen, como es la locomoción ágil y veloz que les permita huir de una amenaza.

Todavía en la biblioteca, Frank inspeccionaba el saludo que Albert había enviado a Lewis y pudo verificar que en realidad sí se trataba del mismo monumento visitado por sus primos. Indagando visualmente con minuciosidad, le dijo a su padre:
−Envía esa grabación a mi teléfono por favor.
−Enseguida, no sabía que estuvieras tan interesado en la historia, la escultura o la milicia.
−Pues respecto a tu video en realidad aun no sé en qué estoy interesado, pero te aseguro que no es en ninguno de esos tres temas.
−Pronto iniciaré una teleconferencia, pero si me necesitas avísame hijito.
−Bien, gracias.

Al quedar solo, Frank meditó unos instantes. Habituado como estaba a observar y a formarse secuencias mentales a una velocidad ligeramente mayor que la del resto de sus familiares, tuvo la impresión de que el modelo arquitectónico en ambos archivos era el mismo... o se parecía muchísimo. Congeló la imagen en la filmación que quería revisar y la cotejó con la fotografía de sus primos. En efecto la estructura mostrada se ubicaba exactamente en el mismo lugar y los factores a tener en cuenta semejaban continuar en igual cantidad.

Era una agrupación de tres figuras; iniciaba con la efigie de un soldado de pie, a su izquierda se ubicaba otro uniformado junto a un barco a escala menor como insinuando que se trataba de un marino y finalizaba con un tercer militar apoyando su mano sobre lo que representaba un avión de algunas décadas atrás.

En ambas imágenes la composición seguía el mismo orden e idénticas proporciones, sin embargo la escultura del joven que representaba seguramente al Ejército difería. En la fotografía posterior aparecía en un plano más bajo como si le hubieran moldeado en posición inclinada y sostenía su arma en la mano derecha mientras la izquierda parecía reposar sobre su abdomen. Su fusil o como sea que se llamara el arma de dotación que el escultor le asignó, lucía variadas modificaciones y algo muy similar ocurría con su vestimenta y calzado.

Hacia la parte inferior circundando esa estatua, la imagen congelada del video no mostraba nada, pero en la foto se apreciaba un cúmulo pequeño de flores. Lo curioso es que éstas no coincidían en nada con el follaje tupido y los vigorosos ramilletes en tonos surtidos que adornaban las figuras del marino y del aviador. Las representaciones de estos dos últimos eran absolutamente iguales en ambos registros. Las imágenes se habían capturado con escasas semanas de diferencia, modestos cambios en la vegetación eran predecibles, los otros no obedecían a leyes sensatas.

Frank se cuestionaba qué tan rentable sería para una Alcaldía Municipal costear la modificación de una escultura, en una tercera parte. El elevado precio de fundir el bronce para efectuar cambios que no eran tan perceptibles ni transformaban el mensaje primario que se buscaba transmitir al público visitante, quizás no justificaría la inversión. Tal vez se debía a razones estéticas, pensó, porque el resto del conjunto se notaba en muy buenas condiciones.

Rodeando a las figuras aparecía un cerramiento firme y bien levantado, un espacio de fácil acceso que seguramente albergaba las ofrendas florales que se colocaban en fechas significativas. También resaltaba el sitio de honor para izar la Bandera Tricolor.

Así mismo emergía en alto relieve una placa con los nombres de 19 uniformados, que probablemente habrían sido nativos de esos lugares o habrían caído durante las acciones bélicas que acontecieron allí. Coronaba todo la inscripción *Mort Pour la France*, frase reverencial con la cual se honra a los hijos de esa bella nación que han hecho la máxima ofrenda en defensa de su Patria.

El dinero utilizado en la posible intervención independientemente de su cuantía estaría bien ejecutado y eso Frank lo entendía. Él había escuchado a su padre referirse a la pulcritud con la cual se administra el erario público allá, y también había notado el gran celo en la conservación de los monumentos en Francia, aún mayor en los de índole histórica o militar. La conciencia cívica es prioridad en la educación de cada nueva generación y el acatamiento a las autoridades se aprende desde temprana edad.

Solo un francés, sin distingo de origen o condición, que demuestre respeto a su Patria, lealtad a su bandera y obediencia a su legislación, merece el honor de ser llamado como tal. Eso pensó Frank.

Esas estatuas pertenecían al Estado e intervenirlas cuando les pareciera conveniente era su derecho inamovible, concluyó. Olvidó ese asunto y se dedicó a otros que le incumbían más, como la visita de su amiga Camila el sábado siguiente.

***

A esa misma hora en un lugar muy alejado, la joven Zhang Jia Li lloraba amargamente recostada sobre el sofá de su habitación. Mirando a través de la ventana y sumida en la más profunda tristeza, se negaba a creer que ése fuera el final de tantos años de devoción. Había nacido en el Condado de Song Pan, al norte de Sichuan en la República Popular China.

Es una región muy rica en atractivos hídricos y geológicos que se encuentra cerca al Valle de Huang Long, conocido como Valle del Dragón **Amarillo**.

Se trata de un enclave absolutamente deslumbrante, poblado de grutas, montañas, fuentes termales y saltos de agua de cambiantes colores debido a numerosas piscinas minerales de remarcados contrastes irisados. Las inigualables bellezas de este lugar inducen al sobrecogimiento, por decir lo menos. Algunas rocas seguidas tienen gran tamaño por lo que los lugareños sostienen que a la distancia semejan un dragón reposando en medio del bosque. Allí se ven vistosas terrazas formadas de depósitos cálcicos. Las propiedades de absorción y fijación de la piedra caliza reducen las cantidades de materia orgánica y plancton asentado, lo que ayuda a que el agua luzca más translúcida y se refracte mejor la luz.

Constituye una reserva natural, hábitat de muchas especies entre otras el mono dorado, el oso negro asiático, el gato de Pallas, aves acuáticas varias y la superestrella internacional, el oso panda gigante.

Jia Li creció reconociendo coníferas, abetos, alerces y abedules. Residía en el núcleo urbano de Song Pan junto a su familia y allí había culminado sus estudios hasta el nivel medio. Colaboraba con sus padres en la atención de un herbolario bien establecido que les servía de sustento, bajo la tutela de unos padres modernos y de carácter sosegado. Su pasión era la preservación de los ecosistemas.

Su tienda distribuye variado surtido de plantas medicinales y algunos parientes pueden preciarse de conocer los rudimentos básicos de la medicina tradicional china, entorno que generó en Jia Li un inmenso interés por las ciencias naturales. Amaba la fauna, sin embargo su mayor afición era la flora.

Soñaba con poder asistir a la Universidad de Agricultura de China en Beijing, que en español denominamos Pekín, centro elite para diversos saberes entre ellos biología, ingeniería, medicina veterinaria, economía y gestión. Se han formado dentro de sus claustros verdaderos líderes en conservación y preservación de especies autóctonas y foráneas, además de administradores idóneos en beneficio de las múltiples riquezas de índole diversa con que cuenta ese extenso país.

Ante la irremediable carencia de los medios financieros necesarios para sufragar la educación superior inscribirse allá no fue posible, pues se requería costear los suministros implícitos a cada año lectivo y asumir además su manutención en una ciudad muy costosa. Entonces la joven comenzó a estudiar botánica del modo que le fuera propicio, en línea o mediante cortos cursos técnicos presenciales, investigando y aprendiendo a su propio ritmo.

Sin embargo, aquellas lágrimas deslizándose sobre sus mejillas no se debían a la frustración de ver truncada de plano su formación profesional. Su origen provenía de algo, o más bien de alguien, mucho más tangible: Su dolor tenía forma, 32 años en 1.76 metros de estatura, y tenía nombre; Qiang.

Él había sido su prometido. Oriundo de la misma ciudad, iniciaron su noviazgo cuando ella era una adolescente y todo parecía indicar que ante la aprobación de sus dinastías y el hecho de compartir iguales perspectivas de vida formarían una unión de relativo éxito dentro de lo que podría esperarse. Sin embargo, dado que él es unos años mayor que su exnovia, partió hacia la capital con algún tiempo de antelación para adelantar sus estudios en ciencias exactas.

En una metrópoli como Pekín plena de chicas hermosas, a la moda y además muy cultivadas intelectualmente, Qiang sin el menor remordimiento, desestimó el compromiso adquirido con una joven a quien ahora encontraba "Demasiado rural" para su proyección como físico teórico en alguna institución de renombre internacional. Él consideraba como un demérito la falta de formación superior en quien tuviera ambición real de mejorar su estatus, y permanecer en donde no le ofrecían campos de crecimiento personal no encajaba en su planes.

Eso ya era malo, y mucho, sin embargo aún peor fue haberle informado a Jia Li que su relación ya había terminado, enviándole un mensaje de apenas dos oraciones. Él nunca volvió a comunicarse con ella por ningún medio.

Regresando a casa de los Smith, Camila llegó el sábado puntual. Es de la misma edad de Frank, está casada, tiene un hijo y es una buena amiga.

La ilusión amorosa de Frank es Corín, una chica que trabaja como técnica de sonido en un estudio de grabación. Ella ha demostrado un genuino aprecio y permanece atenta a las novedades en la vida de Frank, pero él siempre ha sido muy respetuoso hacia las damas pues en plena conciencia de sus limitantes prefiere proceder con cautela. No está seguro respecto a si el afecto de ella es de índole romántica o fraternal por lo cual deja fluir pausadamente la interacción y por ahora han sido solo buenos amigos.

Sentados en el jardín posterior de la casa, Camila inició la conversación con Frank:
—Mis vacaciones empiezan la semana entrante pero sabes que siempre estoy disponible si me necesitas.
—¿Vas a salir de la ciudad?
—No lo creo.
—Tu ritmo de trabajo es muy extenuante, deberías cambiar de ambiente viajando a otro lugar.
—Quizás más adelante, recuerda que hace poco compramos nuestro nuevo apartamento. En las cuotas de la hipoteca y el pago de mi postgrado ya se nos van ambos salarios.
—Lo entiendo. Anhelas viajar, siempre que te traigo algún obsequio alusivo a Europa tu rostro se ilumina… ¡Deberían ir a Francia!
—¿Ir a dónde? ¿Te parezco el tipo de persona que puede pasar sus vacaciones en la Riviera Francesa? Nuestros ingresos no se acercan ni poquito a los de ustedes, en nuestro itinerario no está Saint-Tropez.
—Oye, si nosotros ni siquiera la conocemos… como sea, lo único que necesitan son los tiquetes de avión, dos con tarifa plena y el de Jerónimo cuesta la mitad por ser niño pequeño. Fuera de los pasajes el mayor gasto suele ser el de hotelería sin embargo podríamos buscar alternativas. ¿De cuánto tiempo disponen?

—Vacaciones escolares y de ambos empleos, todos contamos con 30 días libres.

—Tenemos un pariente en Estrasburgo, él es muy solidario con nosotros y su apartamento permanece vacío por temporadas, le preguntaré si puede prestarlo ese mes. ¿Lo consultarías con tu esposo?

—Bueno... pues ¿Por qué no? Tal vez sí podríamos estar en capacidad de asumir ese costo.

Exceptuando a todos sus familiares, el núcleo de personas alrededor de Frank lo componen algunos allegados, siendo Andrew, Cañón y Ojeda los predilectos además de Camila, aunque cuenta con otras visitas ocasionales.

Tanto el color de los ojos y cabello de Camila como su inclinación a cumplir sus deberes con una precisión milimétrica denotarían quizás un factible ancestro germánico. Su esposo es un joven laborioso y emprendedor y aunque la pareja afronta la crianza de su pequeño hijo Jerónimo, sus empleos y la especialización de Camila en psicología y atención primaria, ella encuentra el espacio en su colapsada agenda para acudir del mejor ánimo y visitar a Frank frecuentemente.

Por su compañía divertida Frank quiere mucho a todos sus amigos, y en el caso de los varones profesa también gratitud porque le pueden apoyar algunas veces en los desplazamientos cuando se encuentra fuera de su residencia y no va con quien le asiste. Ojeda es flexible y bastante responsable, siempre muestra disposición genuina e innegable constancia.

Cañón es comprensivo y al igual que los otros dos, moviliza con total normalidad a Frank y lo trata con extrema paciencia procurando siempre su bienestar. Con una personalidad más seria y reservada, Cañón es muy amable y condescendiente, por eso se ha ganado el inmenso cariño de todos también. Es perseverante e incondicional y ha estado pendiente del joven a través de muchos años. Él es una persona valiente y de probado coraje, capaz de sobreponerse a pruebas agobiantes sin perder su temple ni su naturaleza bondadosa, Azucena le tiene gran aprecio por su carácter leal y tolerante.

La clave de la excelente relación con ellos radica en que cada uno interactúa con Frank dentro de los marcos de un respeto mutuo, no clasificándole como desvalido sino haciéndole sentir en un plano igualitario. Mantienen siempre la seguridad de Frank como prioridad, pero le permiten actuar por su cuenta cuando ello es posible, situándose a una prudente distancia para que él ejerza su independencia. Frank no posee una adecuada habilidad motriz fina ni está en capacidad de procurarse las acciones requeridas para subsistir con dignidad en total autonomía.

Para la fuerza física cotidiana en esa época estaba Elliot el asistente en la movilidad de Frank. Se encargaba de sus traslados, desde o hacia la silla de ruedas, y por lo general estaba presente durante cualquier desplazamiento si la familia requería salir de casa. Su principal tarea era esa pero dado que contaba con licencia de conducción y mostraba gran pericia en ello, de manera ocasional fungía como conductor, lo cual también se había establecido en su contrato laboral. Para ellos este muchacho formaba parte del núcleo y por lo mismo era considerado un compañero. Los Smith no contaban con empleados y aún si los tuvieran jamás se habrían referido a ellos con ese vocablo, la equidad y la cortesía eran nociones que intentaban ejercer habitualmente, siendo consecuentes con el hecho de que quienes apoyaban a su hijo lo hacían de manera más cercana que lo que se acostumbra a esperar de aquellos colaboradores en los hogares sin discapacitados.

El resto de las actividades referentes al cuidado de Frank, las han realizado de continuo sus padres. Ellos por ninguna circunstancia delegarían en terceros esas labores. Además han inculcado en el joven, el rechazo a la cercanía indebida de personas no autorizadas.

Andrew Álvarez es el más constante amigo de Frank. Es unos años mayor que él y tiene dos maravillosos hijos, Camilo un adolescente activo y afectuoso y Sarah una preciosa niña de seis años. La responsabilidad adquirida con la paternidad le ha impreso a Andrew un sello imborrable de tolerancia y flexibilidad en su trato con los demás, cualidades valiosas para alguien con necesidades especiales.

Este muchacho en particular ha estado en mayor contacto y ha sido testigo del diario devenir de los Smith puesto que su amistad con Frank inició cuando el último apenas dejaba su infancia. Se hizo presente durante los momentos buenos, y también durante los que no lo fueron, por tanto ya lo han considerado como un integrante anexo a la familia.

Los tres miembros humanos de la familia Smith, y se especifica esto porque ella también incluye a varias mascotas adoptadas de refugios o de los perímetros circundantes, y a fauna silvestre que habita feliz en su propiedad, son aficionados a la lectura, escritura y labores manuales por lo cual encuentran distracción dentro de su hogar.

El mundo interior de cada uno se ha acondicionado a los requerimientos particulares del hijo y se han acoplado. Tienen gustos eclécticos lo cual indica su afinidad por variados campos y además permanecer dentro de la periferia de la casa no resulta incómodo debido a su gran amplitud.

Es un entorno campestre en donde se respira aire libre de polución, algo muy recomendable para los que han permanecido sentados siempre, porque sus pulmones no se desarrollan al mismo ritmo de quienes sí caminan erguidos. Los sonidos estridentes tampoco representan incomodidad para ningún habitante dado que los jardines laterales de cada vivienda conforman una barrera acústica que propende a la privacidad. Tiene un ámbito rural pero eso no va en detrimento de los abastos, pues en caso de carecer de algo a pocos kilómetros se localiza una surtida zona comercial.

2

En su calidad de hombre soltero y de estudiante suramericano, el apartamento rentado por Esteban en Estrasburgo era modesto, un espacio reducido pero bien mantenido. Allí alojó a Camila y a su familia quienes llegaron a sus vacaciones, mientras él realizaba prácticas trimestrales en uno de los numerosos restaurantes de talla mundial que hay en diversas regiones de Francia.

Antes de partir tuvo la amabilidad de guiarlos por diferentes lugares turísticos, incluido el mismo monumento que había visitado antes con su hermano. Tomaron al frente suyo el respectivo registro fotográfico saludando a la cámara y luego Camila se lo envió a su amigo en Brevard.

De nuevo Frank reparó en la imagen cabalmente, porque advirtió que la figura del soldado del Ejército había cambiado de posición... otra vez. Para ser más exactos, había regresado a la inicial que lucía en la filmación de los amigos de su padre.

No parecía tener lógica, nadie modifica una escultura de elevado peso para luego deshacer la intervención en tan corto lapso. Tal vez el video o las fotos se hubieran retocado, tarea inútil, pero se vería.

A Frank le faltaban muchas cosas, pero tiempo libre no era una de ellas. Decidió investigar este caso tan singular y comenzó por elaborar una lista completa de las personas que conocía con aptitudes para apoyarle en sus actividades como detective.

Debido a su cerrado anillo social, casi todos eran familiares suyos. Lo primero que debía hacer era confirmar la veracidad de esos registros. Contaba ciertamente el criterio de Javier Bermúdez, primo de su madre, quien es ingeniero electrónico y se ha especializado en aplicación a la industria petrolera. Tiene una mente brillante, además es comprensivo y tolerante por lo cual resulta viable entenderse con él, es una autoridad reconocida en su campo y sus conocimientos abarcan distintas áreas. Sin embargo, las inquietudes surgidas no guardaban relación directa con sus habilidades, no de una manera evidente. Él sería una excelente opción si no encontraban ninguna solución real empleando la estrategia directa.

Frank optó por llamar primero a su tío Manuel, quien es experto en electrónica y computación, con énfasis en programación de sistemas. Después de los saludos protocolarios le describió su intención de verificar los registros, sin explicarle la razón para ello.

Él le orientó al respecto:

—La mayoría de las aplicaciones en la galería permiten cambiar la fecha en los metadatos de una imagen, si hay opción de edición junto al apartado que designa día y hora, es algo simple de modificar.

—¿También sus elementos distintivos?
—Completamente, se pueden rectificar o eliminar las propiedades e información y cambiar aspectos en forma parcial o total.
—Sé que se pueden mover de sitio y cosas similares, ¿Cómo detecto si hicieron eso?
—Hay muchas aplicaciones gratuitas para editar imágenes, pero también existen varias herramientas para comprobar si han sido manipuladas antes. Con un programa de búsqueda inversa el rastreo en la web puede mostrarte la pieza original. Mándame lo que tienes y miramos qué podemos averiguar.
—Gracias tío.
—Con gusto Frank, salúdame a tus padres por favor.
—Claro que sí.

Posteriormente Manuel le confirmó que según sus comprobaciones, los tres registros eran auténticos y a su criterio no mostraban alteraciones. Le aconsejó que si revestía tanto interés, intentara acceder a los del mismo objeto pero obtenidos antes de la era digital, puesto que también se podía calcular la edad aproximada del papel utilizado para la impresión, así se descartaba la reparación digitalizada.

Después consultaron también con Marisol, una compañera de trabajo de Lewis especialista en diagramación y diseño digital. Enviaron rápidamente los registros porque ella partiría con su hijo Felipe al día siguiente que era sábado a España, y su equipo técnico estaba en la oficina.

Lewis le inquirió:
—Te resumí lo que nos dijo mi cuñado, ¿Algo más?

—Estoy en total acuerdo con él, no encontré coincidencia en ningún banco de imágenes. La antigua no está retocada y la reciente no presenta marcas de agua.

—Eso significaría que el propietario puede ser el fotógrafo, tengo entendido.

—A muchas imágenes les superponen textos o logos que a veces son transparentes para no afectar la nitidez, se hace para proteger los derechos de autor. Otras no los tienen pero aun así podrían proceder de archivos, por ejemplo de dominio público. La del sobrino de ustedes muestra elementos y ángulos de enfoque que según los resultados de mi búsqueda, no son copia de otra.

—Gracias Marisol.

—Con gusto.

Frank le marcó enseguida a su mejor amigo:

—Hola Andrew, tú te graduaste hace dos años en la carrera de seguridad industrial ¿Verdad?

—Buenas tardes Frank. Así es, incluso celebré ese logro con ustedes allá. ¿Por qué?

—Creo que hiciste tu postgrado en seguridad en línea.

—Sí, se llama especialización en ciberseguridad y delitos informáticos.

—Necesito ciertos datos que tal vez no se hayan publicado. Supongo que no, pero por si acaso pregunto, ¿Tienes la manera de acceder a los registros fílmicos y fotográficos guardados en una oficina de turismo en Francia?

—Claro que no y aún si la tuviera ¿Por qué querría yo hacer algo semejante?

—Te lo explicaré cuando vengas, por el momento dime si conoces a alguien que sí tenga esa posibilidad.
—Un compañero del postgrado y aunque él es francés dudo que una oficina estatal le conceda ese permiso, pero podemos contactarlo. Iré este fin de semana a tu casa y coordinaremos lo que se necesite.

Así se iniciaron los preparativos para el inhabitual cometido.

Los padres de Frank siempre han sido permisivos con él, en vista de que son más contados los programas a los que él puede apuntalar. Admiran su templanza y su aliento de superación. Por esa misma causa le acolitan los proyectos que emprende. Es persistente e insiste en que le permitan accionar por su propia cuenta, como método para mantener activas sus conexiones neuronales y ejercitados sus músculos, pero conservando siempre la prudencia dentro de unos lineamientos bastante mesurados.

Con astucia logró convencer a sus padres de visitar el punto y sin nada que objetar, la familia fue a Francia. Viajaron con Andrew y Elliot. Cañón tenía asuntos familiares pendientes por resolver y ya había ido con ellos a Bélgica en un viaje anterior.

Cuando visitaron el misterioso lugar, Frank no descubrió ningún indicio de que fuera diferente a los demás monumentos que había conocido. Nada parecía estar fuera de lugar. Tomaron medidas, filmaron y fotografiaron, así mismo analizaron el entorno, las condiciones climáticas y observaron rutas de acceso. La placa conmemorativa informaba que había sido erigido en octubre de 1949 y era evidente que sí se le había realizado con constancia el mantenimiento indispensable. Anotaron los nombres de los funcionarios que lo inauguraron al igual que el de los héroes caídos en cuyo homenaje se había instalado.

El único detalle discordante no era novedoso para Frank, puesto que lo había notado desde la primera observación en su casa. Se trataba de que en el suelo alrededor de la escultura del uniformado del Ejército no había vegetación, ni siquiera pasto agreste, en contraposición a las flores de vívidos fulgores, enmarcadas con hojas en una paleta de refulgentes verdes que decoraban las otras esculturas. La tierra de la primera era árida e infértil y él suponía que no se debería a descuido por parte de los encargados.

Los Smith permanecieron una semana más en la zona, acompañados de Andrew quien conversaba amenamente y de Elliot quien nunca decía nada. Regresarían en otra oportunidad, pues esa es una región que les atrae por su belleza natural y su ambiente relajado. Lewis viaja con frecuencia a Europa por asuntos de trabajo y sin importar su destino, reserva tiempo extra en su estadía con anticipación para recorrer el sector.

Durante esos días indagaron en dependencias administrativas y con vecinos de las poblaciones circundantes, así se enteraron de que el terreno del monumento era como se podía deducir, propiedad de la Nación. En el orden espiritual se habría solicitado la respectiva aprobación del Ordinariato Castrense, una circunscripción perteneciente a la Iglesia Católica para el acompañamiento de los fieles en servicio a las Fuerzas Militares.

Con referencia al ornamento alrededor de las estatuas, se supo que a través de los años diferentes jardineros se habían esforzado en el lucimiento de los arreglos florales, pero ninguno consiguió cultivar ni el menor espécimen vegetal alrededor del soldado del Ejército.

Regresaron a su hogar y varios meses después obtuvieron los resultados de la gestión que el agente francés compañero de Andrew había adelantado en la central de turismo. Nada qué destacar, fotografías de diferentes décadas, varios afiches promocionales, seguimiento a las distintas obras de fortalecimiento en toda la infraestructura del conjunto, incluso actualización de su estado a la firma de cada nuevo contrato de mantenimiento.

En orden cronológico, los archivos se sucedían con similitud, variando únicamente en pocos aspectos predecibles como el desgaste de los materiales, la vegetación primaveral o invernal, el grado de deterioro antes de la siguiente limpieza, es decir variables explicables.

El soldado aparecía en todas las imágenes en la misma posición, erguido como lucía en el video inicial y sin vegetación. De cientos de pruebas solo en la segunda, la que habían enviado sus parientes, era posible observar la inclinación corporal de la figura y las demás inconsistencias que él había detectado.

Cualquier persona estándar hubiera dejado el tema hasta ese punto. Pero Frank difícilmente podría catalogarse como una persona estándar, y ello no debido a su condición sino a su férrea voluntad.

Convocaría ayuda en la red buscando todos los registros, donde los hubiera, del público en general en referencia a sus propios recorridos turísticos captados libremente y que le compartieran de la misma manera.

Su tío Bernardo hermano de Lewis, es un abogado de vasta experiencia en litigios de alta envergadura que se había especializado en casos complejos e inusuales en donde se involucraban empresas multinacionales o conglomerados de personas. Había obtenido el primer puesto dirigiendo un grupo jurídico en una competencia internacional sobre conocimientos acerca de leyes, en palabras más coloquiales, en 2019 él y su equipo habían ganado lo equivalente al "Campeonato mundial de abogados" más o menos. La pregunta de Frank no requería tanto pero Bernardo es muy paciente, entonces el joven le consultó:

—Hola Tío, ¿Sé que tienes muchas ocupaciones, pero me concederías un momento?

—¿Cómo estás Frank? Sí, claro. Dime.

—Bien. ¿Pedir fotos de estructuras en Francia tiene algún problema? O los precedentes jurídicos de allá... tú entiendes, ¿Cuál es la palabra?

—Jurisprudencia, pero tú más bien te refieres a legislación, es decir el conjunto de leyes por las cuales se rige una región, como un Estado en tu caso. Tiene regulación por países pero existe un marco legal de aplicación en múltiples naciones. ¿En qué estarías interesado?
—Quiero blindarme contra demandas o denuncias.
—Especifica por favor de qué se trata y cuál sería tu preocupación.
—Solicitaré por internet fotos y filmaciones de un monumento militar ubicado allá, ¿Puedo?
—Sí, pero si no las reproduces posteriormente con fines comerciales. Si procedes sin afectar derechos de regalías, evitando asociación a textos ofensivos, cualquier intromisión, o uso malintencionado del material.
—Solo quiero mirarlas para verificar algo.
—Descarta la sustracción de imágenes oficiales pertenecientes a asuntos de carácter reservado, a organismos gubernamentales de seguridad o de uso privativo que pudieran ocasionarte reclamos a futuro, un monumento de exhibición pública no entra en esas categorías.
—Comprendido tío y te lo agradezco.
—Lo que necesites. Saludos a todos.
—Igualmente y gracias otra vez.

Aparte de eso, Frank siempre ha seguido los lineamientos de sus padres y no efectúa por su cuenta ninguna acción que ellos no conozcan o no hayan autorizado. Él capta bien que se debe a su propia seguridad y su tendencia natural le induce a no contradecir las opiniones o sugerencias de ambos.

Pidió lo que turistas o residentes tuvieran a bien compartirle sobre todas las esculturas de Francia, para no suscitar interés puntual sobre la que le importaba. A quienes le preguntaron, les dijo que estaba haciendo una investigación, y no les mentía.

Transcurrieron otros meses hasta que un día recibió una fotografía sorprendente. Era del monumento al que él denominó "Su soldado", el conjunto completo de figuras con sus accesorios usuales. No obstante, en esta ocasión la estatua del militar adoptaba exactamente la posición inclinada y rasgos idénticos a la enviada por sus primos tiempo atrás. Parecía la misma, pero eso no era posible porque habían sido tomadas con décadas de diferencia.

Frank se recostó sobre las almohadas de su cama en actitud de meditación. Al inicio de esos análisis tranquilizaba a sus padres avisándoles que en ese momento prefería permanecer pendiente de algo que deseaba ver, escuchar o pensar, y que tan pronto finalizara lo que retenía su atención él mismo les llamaría de nuevo.

Su mente divagaba... ¿Qué tendrían en común esas imágenes más que similares? ¿Cuál lazo podría unirlas a ellas dos, haciéndolas diferentes de los otros miles que existían? Entonces fue cuando se percató... ¡Por supuesto! Procedió a cotejar a toda velocidad los registros y pudo corroborar que su sospecha no era infundada. Los datos de ambas fotografías probaban que se habían tomado en la misma fecha y casi a la misma hora, pero de distintos años.

En ese instante fue cuando comprendió que esas imágenes parecían hablar. Y no a él precisamente, razonaba Frank, ¿Quién soy yo? Era a cualquiera que dedicara aunque fuera una mínima fracción de su tiempo para prestarles atención. Sintiendo los latidos de su corazón con mayor intensidad e imaginando con antelación qué le responderían los demás cuando él les planteara una teoría tan poco convencional y aún menos convincente, prefirió calmar su ímpetu agitado. Tenía que pensar...

Primer paso: debía reunir la mayor cantidad de información posible dado que ese sería un factor determinante para inducir a sus padres a secundarlo en esa misión.

Era primordial repasar los talentos de sus parientes que sirvieran a este propósito. No resultaba relevante ya si la información tenía apenas la categoría de "Aproximación indirecta" como decía a menudo Lewis, citando un libro de tácticas militares muy utilizado desde hace varios lustros. Cualquier dato que incluso pareciera insignificante podría conducir a la clave.

–Esta era una emergencia y es en extremo difícil encontrar algo cuando no se sabe qué es lo que se está buscando– se decía para sí.

Segundo paso: sería de gran beneficio poder ir acomodando las fichas en distintas secuencias, eso si acaso lograba conseguir fichas. Para ensayar armaría variadas teorías hasta determinar la menos absurda posible. Los demás factores se irían decantando por su cuenta, pero seguro que si carecía de credibilidad al momento de proponerla, no solo no se completaría la misión sino que ni siquiera existiría.

La premura era inmensa para él, prosiguió con el listado de sus colaboradores potenciales. Necesitaba con urgencia que lo ayudaran y más valdría que ellos no supieran respecto a qué, porque su enunciado indiscutiblemente sonaba a ficción.

Jorge es tío de su madre, un señor reposado que lleva una vida serena al lado de su esposa Luzmila en una calurosa ciudad tropical. Siempre han querido mucho a Frank y ahora disponen de mayor tiempo dado que sus tres hijos ya culminaron su educación superior y consiguieron magníficos empleos, por lo cual se emanciparon del hogar paterno. Jorge, electricista de profesión, alcanzó su holgada estabilidad financiera y la impecable formación de sus hijos, ejerciendo durante su etapa laboral como encargado de ese renglón en barcos mercantes de Colombia, Panamá y Venezuela. Sin más demoras Frank lo llamó:

—Buenas tardes tío, disculpa que hace bastante tiempo que no me comunicaba.

—Qué alegría escucharte Frank, ¿Cómo están allá?

—Bien gracias, te estoy enviando una foto, tú sabes bastante sobre buques. ¿Puedes decirme algo acerca del que se ve en esta escultura?

—Humm... dame unos segundos. No es un buque de gran calado, yo creería que la intención es representar un crucero ligero de la Marina Nacional. Obviamente yo no puedo saberlo, podría tratarse de la Fragata *Leygues* u otro buque similar.

—¿Algún motivo especial para que fuera ese?
—Es posible que se haya escogido un tipo particular para cada interpretación visual de acuerdo al espacio o en concordancia con las obras a sus costados, todos tuvieron méritos en esa guerra. Evoca el gran arrojo de los marinos franceses, ese crucero estuvo en Normandía y en otros conflictos célebres.
—Te lo agradezco mucho, dale por favor un abrazo de mi parte a mi tía Luzmila.
—Claro, saludos a todos y cuídate mucho.

Respecto a la figura del aire, contrastando fuentes consultadas y ante la insuficiencia de pormenores perfilados en ella, se debatía sobre si se intentaba plasmar allí a un elemento de la Aviación de reconocimiento como el Bloch 174, o un Caza como el Morane-Saulnier MS.406 o el Dewoitine D.520. Aguerridas aeronaves diseñadas para requerimientos diversos, que aportaron lo suyo en sus tiempos.

No es que todos los parientes de la familia sean letrados y que exhiban diplomas de sus doctorados en las paredes, ¡Faltaría más! Algunos no pasaron del nivel técnico de educación formal. Frank mismo, no posee ninguna acreditación de estudios ni siquiera de grado elemental.
Había asistido de manera presencial a dos escuelas para niños especiales durante su infancia, pero el énfasis en esos centros dada la severidad de su enfermedad se centraba en terapias físicas y cognitivas para disminuir su índice de dependencia más que en conocimientos académicos. Después había recibido diversos cursos de carácter didáctico.

El reto por esta misma razón era detectar a quienes apoyarían de forma eficaz porque hubieran aprendido algo que sí pudiera aplicarse en este caso particular, sin importar sus niveles de estudio o capacitación. Cualquier concepto es muy valioso. No todos tienen una profesión, pero todos sí tienen un oficio.

Los acompañaba durante esas semanas otro de sus tíos, Richard, que es arquitecto y tiene nociones sobre metalurgia. Fue quien dirigió la construcción de la casa donde habita la familia Smith dada la obligatoriedad de contar con rampas, puertas anchas y demás acondicionamientos vitales para personas con movilidad reducida. Asiduamente inspecciona para verificar el estado de la vivienda y de varias construcciones adjuntas. A él también le consultó Frank:

—Dime lo que piensas de esta composición, por favor.

—Bien, patrimonio histórico, posición geográfica apartada, limitada accesibilidad de vías públicas, bases reforzadas, buena exposición al viento e irradiación solar.

—Bueno, pero algo menos referente al sitio pues intento saber si las esculturas se trataron por igual.

—De arquitectura militar, desconozco el proceso constructivo del complejo en conjunto pero sí se evidencian dimensiones adecuadas para las tres y parecen elaboradas con materiales de alta calidad. La proporción de las estatuas y su distribución dentro del espacio total está cargada de significado simbólico evocando la valentía y sacrificio de esos uniformados. Es un proyecto bien diseñado desde su planificación.

—¿Puede modificarse una de esas estatuas de bronce en cuatro días?
—Primero habría que comprobar si son de bronce. Una manera fácil de verlo sería acercar un imán a su superficie, si lo atrae y se le adhiere no es bronce, porque este no contiene hierro así que no debería presentar magnetismo. Sí resulta apropiado para ese uso porque es un metal dúctil, tiene alta resistencia mecánica y también al desgaste o a la corrosión.
—¿Y respecto a cambiarle algo?
—Se requiere dominar el oficio. La permanencia del bronce puede durar siglos porque es un material duro y permite mucha expresividad, por eso se utiliza en esculturas. Repararle daños es posible, soldándole insertos si hay defectos, para una obra de ese tamaño probablemente esto se haría en su misma ubicación.
—¿Si es por estética?
—¿Qué quieres decir?
—Que no presente ninguna falla, solo sea por modificar su apariencia.
—El paso del tiempo y las agresiones ambientales le otorgan un aspecto particular a la capa exterior. Ella interactúa con las condiciones atmosféricas entonces la modificación debería limarse junto con el resto y aplicar una nueva pátina unificada, por regla general de un mayor lustre. Por reparación es comprensible, lo otro requiere pericia y tiene un costo, habría que ver cuál sería su definición de "Estética".
—Es cierto, gracias tío Richard.
—A tus órdenes, estaré aquí hasta el mes entrante por si necesitas algo más.
—Bien, aprecio mucho tu contribución.

Ya se sabía que en Francia un monumento histórico puede ser "Inscrito" para los de interés regional, o "Clasificado" en los de interés nacional. Por decreto ambos reciben estatus jurídico para su protección.

Mientras tanto en Song Pan, Jia Li estaba logrando sanar su corazón destrozado, aunque en esa semana atravesaba un contratiempo que la afligía en verdad. Qiang había regresado de vacaciones a la ciudad. Él era una persona muy apreciada también y dejando de lado el desplante que le había hecho a ella, no había nada que reprocharle en su comportamiento, por lo cual sus vecinos y otros allegados no se solidarizaron con ella ni tomaron partido en la disputa.

Pero no retornó sólo, al parecer su intención era presentar a sus padres la joven con quien estaba contemplando una vida en común. Originaria de Pekín, era una chica sobresaliente que a sus 30 años ya se estaba forjando un nombre en el sector farmacéutico, laborando en una empresa cotizada mientras de manera simultánea adelantaba su maestría. Ya de por sí bastante mérito para una mujer dado que las estadísticas evidencian que en cualquier parte, los campos de la tecnología y ciencias duras todavía muestran marcada preponderancia masculina. Aparte de eso, al logro de esta dama habría que sumar su personalidad sencilla y carismática.

Y no bastándole con eso, ¿Tenía que ser tan hermosa? ¡No era justo! Sin embargo, con honestidad habría que reconocer que Quiang estimaba a Jia Li y no lastimaría sus sentimientos de modo premeditado.

Él sentía por ella cariño pero no admiración en ningún grado. Conocía sus inclinaciones hacia las áreas agropecuarias y a él eso le parecía muy bien, eran ciencias esenciales y bastante promisorias. Su único argumento en contra consistía en que aún si ella se hubiera educado con suficiencia su rango de aplicación seguiría focalizado en aquel entorno local.

La imaginaba como la maravillosa ama de casa que sin duda sería pues ya ella le había manifestado su deseo de formar un hogar, pero más allá de esas virtudes no vislumbraba un cambio significativo en su conducta que la diferenciara de las apacibles y campiranas vidas que habían llevado sus ancestros.

A Jia Li no le disgustó en modo alguno lo que podría catalogarse como un triunfo de Qiang. Ella es una joven de naturaleza noble, incapaz de guardar rencor ni desear mal a su prójimo. Mas bien se trató de su propio despertar ante el estancamiento innegable de su vida para ese entonces. Tenía 27 años, era momento de reacomodar sus prioridades y de plantearse nuevos objetivos, incluso contemplando opciones que la alejaran de sus preferencias.

Como los de su generación, Jia Li es hija única y por lo mismo se esforzaba en prever la manutención y bienestar de sus padres cuando estos alcanzaran la tercera edad. No tenía diploma de instituto homologado por el Ministerio de Educación, ni suficientes recursos económicos, pero lo que sí tenía era mucha autodeterminación y confianza en sus capacidades. Era metódica y disciplinada.

Durante esa semana vacilaba sobre si sería más productivo acatar los consejos de su padre, o de su madre. El padre analizaba todo de una manera más práctica. A sus ojos ella era una chica inteligente y agraciada, de carácter tierno aún en su obstinación, seguro que hallaría otros pretendientes. Se casaría con un hombre que la supiera valorar, seguiría con las plantas desecadas del herbario y con suerte pronto les daría un nieto. Gozaban de buena honra dentro de la comunidad, nada más necesitaría una mujer para sentirse realizada.

Su madre Liazng en cambio, intuía la impotencia de su hija. Mostrando fidelidad a su inspirador nombre "Mujer valiente, aquella que resalta", Liazng concordaba con su hija respecto a que el horizonte debía llegar más lejos de lo que divisaba desde la estrecha ventana de su habitación.

Ella le había dicho una vez a Jia Li que si alguien lograba vivir en constante armonía consigo mismo y con los demás sin afrontar divergencias, rechazos ni dificultades, lo que se deducía de esa persona no era que tuviera mayor capacidad para interactuar con la gente, sino que tenía mayor habilidad para eludir su responsabilidad en el mundo real.

Escuchaba la sabiduría de ambos mayores, pero la joven se guiaría mejor por las leyes implícitas que probadamente rigen para la mayoría de los mortales: Esforzarse mucho en algo no garantiza el éxito pero no hacerlo sí asegura por completo el fracaso.

3

El sábado 18 de septiembre del año 2021, Frank estaba en la sala de su residencia. Sus padres se encontraban frente a él. Había convocado a esa reunión para informar a su equipo, como él lo catalogaba, de los pormenores referentes a la aventura que planeaba iniciar. También incluía a Andrew quien estaba ubicado a su lado, Frank le había solicitado sentarse cerca pues sabía que necesitaría refuerzos durante su acometida.

Sin mayores preámbulos, se lanzó:

—Como ya saben, he estado analizando esta construcción en Francia. Me parece haber detectado un evento inexplicable y debo tomar alguna acción al respecto. Cuando les diga, respiren profundo, y no, no estoy bromeando: Tengo la percepción de que dos imágenes intentan comunicarse. Creo que un militar me solicita que vaya a ayudarlo.

Se hizo un silencio total en ese recinto. Todos permanecieron estáticos y demasiados segundos iban sumándose sin que nadie saliera de su estupor. El primer sonido emergió de los labios de Azucena:

—¿Perdón?... ¿Que quién te solicita qué cosa?

Frank no contestó porque aguardaba las reacciones.

No se trataba de un asunto de edad, educación ni temperamento, nadie está preparado para escuchar una frase semejante. Y sin importar lo que opinen quienes no han enfrentado una escena comparable, tampoco existe ninguna respuesta correcta.

Al ver que Lewis continuaba atónito y ninguno pronunciaba ni una sílaba, Azucena se dirigió a él y le increpó:
—¡Pero di algo!
—Estoy esperando más información, para ver si entiendo de qué habla.

Frank miraba de soslayo a Andrew, instándolo a intervenir, sin embargo Azucena se adelantó:
—Oh no, Andrew es demasiado sagaz, seguro está analizando qué decimos nosotros para después acomodar bien su opinión.
Andrew solo atinó a comentar:
—Si al menos él me hubiera advertido o dado una mínima pista sobre la conmoción que iba a causar... esto requiere una taza de café, ahorita regreso.

La escena continuó con Azucena precipitándose:
—Hijo mío, mi corazoncito, déjame abrazarte.
—No te preocupes mamá, no estoy enloqueciendo.
—Bueno... es que se trata de una afirmación muy desconcertante, por favor explícanos bien todo esto.

Después de que su hijo expuso por completo los enunciados, dudas, aparentes pruebas y demás datos obtenidos durante el seguimiento a estos eventos, Lewis manifestó:
—Yo personalmente nunca he creído para nada en manifestaciones paranormales, milagros ni cosas por el estilo, mi raciocinio es lógico y preciso. Pero

si para ti esto es de tanta importancia sabes que eternamente cuentas con mi apoyo incondicional, tu felicidad es la mía.

—Lo sé papá, te lo agradezco. Admito que suena irreal lo que les he comunicado pero déjenme terminar mis investigaciones y luego veremos.

Andrew expresó su disposición para colaborar en lo que fuera pertinente, él sí albergaba profundas creencias espirituales y dedicaba unas horas por semana a intentar develar los misterios del alma humana o de seres Superiores. No creía del todo lo que su amigo decía, pero bajo sus principios era consciente de que la verdad absoluta no la posee nadie, al menos no en esta tierra.

Azucena como madre convencional prefirió dejar desarrollar los acontecimientos, no es pragmática como Lewis, idealista como Frank ni religiosa como Andrew. Ella propende a la seguridad de sus seres queridos y también a su felicidad, si ambos factores no se contraponen entre sí.

Lewis y Azucena conversaron en privado y acordaron autorizar la iniciativa de su hijo, si ello implicaba que él se sintiera útil y productivo. Dentro de sus prioridades ganaba, de lejos y por mucho, la de incentivar la autonomía en Frank, sin prescindir ni un instante de las medidas necesarias para asegurar su bienestar.

El plan proseguía. Frank tenía otros familiares y todos le demostraban cariño aparte de tratarlo con dulzura, sin embargo sus competencias, oficios o conocimientos, aunque no reñían con la investigación tampoco la favorecerían por no tener relación directa.

Habían decidido no comentar nada de esto en forma textual a sus familiares ni a quien no pudiera aportar datos relevantes. Por un lado, porque ya bastante llamaba la atención Frank y mejor evitar los murmullos de que su dolencia le había afectado también el cerebro. Y por otro, era información que no necesitaban pues no les concernía y en cambio sí involuntariamente podrían retransmitirla a nuevos oyentes.

Era recomendable no esparcir rumores sobre algo tan inverosímil, ya el mismo Frank lo había enunciado muy certeramente cuando lo resumió así; debemos obtener respuestas, pero ni siquiera sabemos a cuáles preguntas.

Le faltaba todavía entrevistar a algunos parientes que sí podrían tener injerencia en este asunto. Llamó a Alix, madre de Esteban y Santiago, licenciada en química y docente en un prestigioso plantel. Alix con su usual expresividad dinámica dijo:
—Hola, mi Frank lindo, ¿Cómo vas? Qué bueno que te acuerdas de saludarme.
—Siempre los tengo presentes, a ti, al tío Manuel y a los muchachos lo que pasa es que he estado ocupado.
—Bueno, te creo. Cuéntame.
—Tal vez tú podrías ilustrarme acerca de porqué en un lugar crecen cultivos y anexo a él, no. Te envío las únicas imágenes que me han llegado hasta ahora.

—Pues no funciona exactamente de este modo, sería conveniente analizar el material. Es un área limítrofe reducida así que se trata del mismo piso térmico, deben estar influyendo otros factores como las propiedades, posibles contaminantes puntuales, el aire, la pluviosidad y eso dando por sentada la correcta irrigación. Lo mínimo sería efectuar una inspección presencial al campo.
—Mi papá irá allá de nuevo en dos semanas.
—Dile que me llame por favor. El domingo Manuel le entregará algunos insumos que debe llevar. Cuando esté allá necesito videollamada para verificar la profundidad porque las muestras se extraen en distintas capas. Además es trascendental custodiarlas correctamente para que lleguen sin alteraciones.
—Listo, así se hará, sé que ahora estás dictando tus clases, gracias por atenderme.
—Cuando necesites, sabes que para mí siempre serás mi bebé. Un abrazo y un saludo a tus papás, pórtate bien.

Lewis trajo las muestras y las entregó al laboratorio que se le había indicado.

Frank habló luego con su primo Andrew, que es antropólogo, eso sería de utilidad para posiblemente especificar características de los tres hombres representados en las estatuas. Andrew, su primo, posee amplios conocimientos sobre migración humana, desplazamientos forzados y tiene una maestría en etnología. Aparte de eso cuenta con una ventaja todavía más beneficiosa en esta investigación, él se desempeña actualmente en organizaciones no gubernamentales de cubrimiento global con sedes en varios países, incluyendo algunos europeos. A diferencia de los otros relacionados, él sí cuenta con los medios y los contactos de alto nivel, para solicitar información internacional.

Ninguno de los procedimientos que Frank había trazado en su plan, con la colaboración de Lewis, infringía la privacidad, la seguridad ni atentaba contra los derechos, de nadie. Sin embargo en caso de encontrar oposición por las vías de las que ya disponían, Andrew podría moverse cómodamente entre la burocracia de las oficinas administrativas.

El otro contacto europeo era su tía Rocío, ella y su esposo John son científicos de reputada trayectoria en el Reino Unido. Rocío es una eminencia de renombre en el campo de la investigación gracias a sus avances en la expansión del cultivo de la yuca, llamada también mandioca, que no solo conforma además del trigo, el arroz y otros productos la base alimentaria mundial, sino que se aprovecha en otros usos distintos incluso como químico orgánico industrial. Rocío no dispone de suficiente tiempo para estos menesteres a causa de sus compromisos académicos, pero ella y John residen en Londres y los dos poseen vastos conocimientos sobre historia. John es versado en idiosincrasia europea y ambos son políglotas, ventajas indiscutibles para el proyecto en caso de requerirse.

Poco después Alix llamó a Frank y le entregó su reporte más o menos en estos términos:

–Hola de nuevo Frank, no pienso aburrirte con datos técnicos, esos los acabo de enviar en un archivo para ti. Resumiendo, los análisis dieron como resultado que estamos observando dos tipos distintos de suelo y de sustrato.

–Te escucho.

–Los valores de PH es decir de acidez o alcalinidad, cúmulos, oxidación o presencia de distintos elementos, como por ejemplo cloruros o sulfatos, calcio, sodio… etc., todo arroja resultados diferentes para dos grupos de muestras.

–Entonces, ¿La tierras de las muestras no se parecen entre ellas? ¿Podrías aclararme si eso indicaría que la 1 no es igual a las otras?

–Correcto. Las secuencias 2 y 3 son compatibles, la 1 no. Textualmente, pertenece a otro material.

–Qué interesante, gracias por tu trabajo. Solo por confirmar ¿Podrías ir con nosotros en el próximo viaje? Sería fabuloso que visitaras a Esteban por sorpresa.

–Me encantaría, pero no puedo por ahora, pronto iniciaremos la etapa de exámenes finales y ningún docente debe ausentarse durante ese proceso.

–Es un verdadero tropiezo, me habría servido mucho contar con tu experiencia en este tema.

–Necesitas orientación, ¿En química?

–Eso ya lo cubriste, me refiero a identificar un tipo específico de flor.

–En mi carrera también se estudia biología, aunque no de manera exhaustiva, la botánica resolverá todas tus inquietudes.

–No conozco a nadie relacionado con eso, tendré que buscarlo por internet.

—Yo te ayudo, pertenezco a algunos grupos que comparten intereses afines a estas áreas, te avisaré cuando encuentre a alguien calificado.

—Otra vez, muchas gracias.

Frank extendió sobre la mesa de la biblioteca todos los elementos que había reunido durante este lapso. Analizando reportes, imágenes, conceptos de sus parientes y sus propias deducciones, estableció las conclusiones preliminares:

El levantamiento estaba conformado por varias unidades de objetos, pero solamente uno revestía importancia. De forma contextual los otros también suscitaban interés, pero en ningún registro mostraban la más mínima variación, no se evidenciaba nada inusual en ellos. Era obligatorio analizar a fondo la estatua del Ejército. En esa figura no se visualizaba una pátina, como la llamaba su tío Richard, más lustrosa ni de tono diferente a las de sus vecinas. En teoría había sido esculpida por la misma mano, le había transcurrido equivalente tiempo y ella debería haber soportado iguales inclemencias climáticas que las otras, también a cielo abierto.

El suelo en su base era distinto, por alguna razón.

La captura de pantalla en el saludo recibido de Albert estaba fechada el 18 de febrero de 2021. La grabación de su video de 46 segundos había iniciado a las 10:37 minutos de la mañana.

La fotografía de Esteban se tomó el 22 de marzo siguiente, a las 5:49 de la tarde.

Y la foto enviada por Camila fue tomada el 26 de marzo, es decir cuatro días después, a las 6:11 de la tarde.

En el transcurso de ese muy breve periodo, el uniformado cambió de posición y luego regresó a la inicial.

La cantidad casi inconmensurable de registros recibida por Frank de los usuarios de internet luego no aportaba datos divergentes, con una excepción. El único que resultaba llamativo era uno en donde aparecía el soldado con el mismo aspecto de la foto de Esteban el 22 de marzo de 2021.

Se trataba de una fotografía tomada por una pareja de adultos mayores durante su paseo por la región, el 22 de marzo de 1978, a las 6:02 de la tarde.

La transformación, o lo que fuera aquello, en apariencia ocurría los días 22 de marzo. La hora estaba dentro de un rango cercano, pero esto no implicaba necesariamente que sucediera hacia las 5 o 6 de la tarde, todavía no se descartaban otros horarios pues bien podría tratarse de mera coincidencia.

Entonces Frank se enfocó en el militar, para eso acudió a los dos últimos familiares de su listado.

Su tío Francisco es el esposo de Isabel, hermana de Lewis y es el padre de Andrew, el antropólogo. Él es médico. Frank le envió inicialmente una foto y le llamó sin mayor tardanza:

—Buenos días tío, espero que estén bien en tu casa. ¿Me describirías según tu concepto la apariencia del representado ahí?

—Me alegra escucharte Frank, todos estamos bien, gracias. Claro que sí, pero la imagen que mandaste está incompleta, parece que se desenfocó el lente al momento de la captura.

—Disculpa, es que intentaba también responder a una llamada y en este momento no tengo ese registro en mi celular para reenviarlo. Dime lo más relevante de esa foto parcial por favor.

—En las esculturas humanas se acostumbran a pulir los detalles finales de las partes del cuerpo que se representen al desnudo, tales como rostro, cuello o brazos, siguiendo un modelo específico en frente. Eso les imprime realismo y un escultor presta atención a las características faciales de acuerdo con lo que desea transmitir respecto a la fisonomía.

—Y la del que se ve aquí ¿Cómo te parece?

—Adulto muy joven diría de 25 o menos años, cuyo fenotipo encaja en el grupo étnico mayoritario francés, es decir mezcla de celtas, galos, minorías teutonas, ibéricos, etc.

—Bien.

—Su índice de masa corporal estaría alrededor de los 23 kg/metro cuadrado, diría yo, acorde con su profesión de militar.

—¿Cuál es ese?

—Es el peso de una persona, medido en kilogramos, dividido por el cuadrado de su estatura, medido en metros. En trazos generales, para adultos a partir de 20 años un índice menor de 18 es peso insuficiente, hasta 25 es saludable, hasta 30 es sobrepeso y más

arriba de 30 indica obesidad. Es uno de los diversos marcadores para diagnosticar el exceso de grasa corporal.
—Lo tendré en cuenta. Vuelve a la imagen por favor.
—En su semblante general, la ausencia de secuelas visibles de enfermedades graves le confieren quizá un origen acomodado sin carencias alimentarias durante su primera infancia, tendría un rango correspondiente a su edad pero no de nivel inferior.
—Tienes razón, papá piensa que tal vez no se trataría de un soldado sino de un teniente. Muchas gracias por tu aporte tío Francisco, mis saludos a los demás.
—Se los transmitiré e igual para ustedes.

Frank se disponía a enviarle todos los registros completos, pero sonó de nuevo su teléfono.

Lewis y su hijo ya habían estudiado a fondo la placa con los nombres de todos los homenajeados y desafortunadamente en el letrero no se especificaban divisiones puntuales porque se referían a ellos como "Los Hijos de Francia", sin individualizar sus rangos ni tampoco a cuál rama militar pertenecía cada uno. Posiblemente todavía sería factible encontrar algún registro escrito, pues aún en medio de las dificultades obvias, se suelen llevar censos y estadísticas sobre los muertos y heridos en todos los bandos durante un conflicto.

La llamada que atendió Frank provenía de Alix, comunicándole que había localizado a una persona instruida para ayudar en su incursión al reino vegetal.

Alix había montado la imagen de la pequeña flor que le interesaba a su sobrino y había seleccionado entre quienes la habían logrado identificar, a alguien que dispusiera de tiempo para dedicar unos meses a la investigación de campo. Recibiría a cambio una remuneración económica como contraprestación a sus servicios. Eran las indicaciones que le había dado Frank respecto a la contratación, que haría él mismo.

Se trataba de una joven china, de nombre Zhang Jia Li, muy entendida en botánica y sin impedimentos para viajar. No contaba con un título de estudios, lo cual no era requisito, pero se notaba que manejaba con soltura el léxico de esa materia y además hablaba inglés en muy buen rango.

Frank la contactó, conversaron y sí hubo empatía laboral, por decirlo de algún modo, para aunar esfuerzos en la búsqueda de la verdad. Por obvios motivos Frank no le explicó en qué consistía esa "Búsqueda de la verdad", solo le suministró los datos suficientes para que ella hiciera su parte. Él mantenía bien compartimentada la información a todos los involucrados en el proyecto.

Jia Li tampoco hizo preguntas impertinentes. No tenía un trabajo a tiempo completo. No hablaba francés pero sí podía entenderse con su nuevo jefe y su familia, además desde niña había soñado con conocer Europa. Su padre aprobó su partida tras verificar que se trataba de un convenio formal, exento de intenciones indecorosas puesto que dentro de lo corriente Jia Li trabajaría sola, y las interacciones serían mayoritariamente en línea. Frank en apariencia era un joven decente y respetuoso, se denotaba en su manera de expresarse y en el trato hacia ella, además cuando se encontraran en Francia estaría acompañado de sus padres. Concluyó que no había amenaza implícita para Jia Li, y él confiaba en su hija.

Por otra parte, Liazng su madre, estuvo más que feliz de ver la ilusión que le causaba a Jia Li emprender algo que en verdad la entusiasmaba, aparte de poder alejarse temporalmente de aquel cuadro local cargado de melancolía que había turbado el estado anímico de su hija.

A Frank le agrada China. Vivió allí cuando tenía ocho años. Su padre había estado en comisión en Pekín durante un tiempo y cada vez que sus labores le exigían permanecer periodos mayores a seis meses, Lewis llevaba a su familia también.

De ese país le habían gustado muchos aspectos. Las calles estaban limpias, al menos las que él veía por donde transitaban. La población en aquella época era igual a lo que aún sigue siendo en la actualidad, es disciplinada y demuestra un civismo de inmensa cuantía, consumando con extrema rigurosidad el cumplimiento de las leyes, y su tendencia a hacer lo correcto emana de su iniciativa propia.
 Allá practican ejercicio físico asiduamente y hay zonas por doquier acondicionadas para tal fin. Consideran a los ancianos como venerables, muestran el debido respeto a la autoridad y una gran deferencia hacia los superiores en cualquier ámbito.

Durante su permanencia nunca supo acerca de actividades delictivas, naturalmente hay que tener en cuenta que él era un niño, pero sí escuchó decir que los índices de criminalidad eran muy bajos.

Al menos cuando él vivió allá, todo parecía sincronizarse de manera eficiente, con personas que tienden a esforzarse en realizar un trabajo bien hecho, independientemente de cuál sea éste.

La gente continúa siendo amable y solidaria, luce saludable hasta en las edades avanzadas y cumplir con el deber es intrínseco a su doctrina. Los Smith tuvieron la oportunidad de conocer distintas regiones de la inmensa República y sin duda consideraron majestuosos los escenarios naturales. Se entendía la causa de la predilección de Jia Li por esas ciencias.

Retornando al relato en América, como un movimiento final en las consultas desde su casa Frank llamó a Carlos, hermano de Azucena y también médico. Ya le había comentado respecto al concepto precedente recibido de Francisco y a Carlos sí alcanzó a enviarle las dos versiones de la estatua del soldado. Frank le planteó este cuestionamiento:
–Hola tío, ¿Qué opinas sobre la representación de estas estatuas?
–Similares pero variando la posición.
–Prosigue por favor.
–La primera, varón en postura bípeda, columna vertical, contextura mediana, semblante decidido y

actitud heroica, lo que se espera en la iconografía emblemática para esos fines.

—¿Te parecería el mismo cuerpo, ubicado de diferente forma?

—En realidad no. Los cubren los uniformes, claro está, y en apariencia general ambos presentan el mismo biotipo, complexión corporal atlética con alto componente muscular, eso se explica porque debían ser capaces de andar mucho a pie, cabalgar, cargar elevados pesos y en la mayoría de las veces también se les solicitaba saber nadar. Sin embargo el segundo difiere del otro.

—¿El de la mano descansando sobre su abdomen?

—Pues no estoy seguro…

—¿De qué?

—Es que yo no diría que la mano está descansando sobre su abdomen, más bien pareciera que le estuviera ejerciendo presión.

—¿Podrías ser más específico?

—La contracción de sus músculos faciales, la aparente rigidez en los de su antebrazo, una casi imperceptible inflamación en rostro, cuello y quizá la parte superior del cuerpo… tal vez alteración de la vena cava superior…

—¿Y qué significaría eso?

—Considerado junto a la inclinación de su torso hacia adelante y el gesto de angustia en su expresión, yo pensaría que esta persona está atravesando una descompensación debida a una lesión grave.

—Insólita manera de exponer una estatua.

—Sin duda, y de seguro no era la intención. Aun usando la misma técnica, la segunda debe haber sido moldeada por otro artista pues no tuvo la precaución de haber hormado de modo convincente la materia prima. Me refiero a que si no fuera porque según sé esa no es la posición en la que se suele representar a un héroe nacional, diría que el esculpido ahí está padeciendo de un dolor paralizante.

—¿Podría saberse aproximadamente de cuál tipo?

—Son solo suposiciones mías desde luego, pero su aspecto sería comparable al de alguien que sufra un desgarramiento interno, contusión o un muy severo traumatismo, quizás incluso que presente herida punzante o perforación en su cavidad abdominal.

—...

—Frank, ¿Me escuchas?

—Si tío Carlos, agradezco mucho tu aporte, tengo algo que hacer ahora mismo y me despido, pero de nuevo gracias por tu tiempo.

4

Frank le comentó estas novedades a Lewis, ambos ensayaron a encajar las piezas en distinto orden y luego Frank hizo una videollamada a Jia Li:

—Buenas tardes, para ti. Disculpa que no me haya comunicado antes, había estado esperando una información. Háblame de tus hallazgos por favor.

—Buenas tardes Frank, tranquilo no te preocupes pues entiendo lo ocupado que estás. Tu muestra es de una frágil flor, variedad de otra mejor conocida, el nombre científico, la clasificación y características generales las encontrarás en la carpeta que ya te compartí.

—Gracias, eres muy eficiente.

—Esta es una planta perenne con floración en tonos violáceos, rosas o azulados. Es una variante de la Soldanella.

—¿Abundante en Francia?

—Pertenece a un grupo de unas 49 especies aproximadamente, parecidas pero diferenciadas en taxonomía.

—¿Suelen crecer cerca de un bosque en la Lorena?

—Depende de dos circunstancias.

—Y, ¿Esas serían…?

—La especie y la altitud. Hay 10 especies endémicas en Europa, prosperan en varios países y cada una vegeta en diferente sistema.

—La región que me interesa se ubica cerca al macizo de los Vosgos.

—Preciosa cordillera, un sistema montañoso de clima continental.
—Observa esta zona que estoy enmarcando dentro del círculo rojo… ahí crece esta flor, ¿Verdad?
—No.
—¿No?
—La tuya es pariente de Soldanella Alpina, se da bien en los prados alpinos, aún si subsiste no presentaría floración a la altitud que señalas.
—En ese caso, prepara tu equipaje. La semana entrante irás a Los Alpes franceses. ¿Estás de acuerdo? Pronto coordinaremos qué debes investigar.
—Por mí, encantada.
—Te llamaré después, gracias por tu disponibilidad.

La anexión de reportes solo incrementaba su incertidumbre, Frank estaba desconcertado. Nada encajaba. Analizó todas las posibilidades y después de ordenar los factores lo mejor que pudo, se comunicó de nuevo con Jia Li. Le indicó que debía recolectar absolutamente toda la información que consiguiera respecto a ese espécimen, en particular aquella a la que le encontrara el menor atisbo de ser curiosa o inesperada. Le concedió también, total libertad para proceder de acuerdo con el propio criterio de ella, según lo considerara pertinente.

Jia Li se inmiscuyó en casi todas las áreas de la vida pública al llegar a Los Alpes. Acudía a museos, exposiciones, teatro o representaciones callejeras y se convirtió en visitante asidua de las bibliotecas. Conversaba con las personas en los parques, las tiendas y los centros educativos. Había iniciado el aprendizaje de francés en línea desde que fue contratada y su inherente tendencia a realizar el mejor esfuerzo en aras de un resultado productivo le había augurado ya bastante éxito para poder comunicarse en el idioma de Molière.

Ella siempre ha sido ingeniosa y recursiva, tiene talento para adiestrarse con las experiencias y una personalidad atractiva para acercarse a la gente. Por su propia aplicación organizó varios concursos en la red, incluso con premios bastante exuberantes, casi siempre dirigidos a las señoras y amas de casa. Las concursantes podían participar en cualquier categoría, ya fuera de bordados con esa flor como protagonista o de arreglos decorativos para centro de mesa que la incluyeran.

Dentro de las guías culinarias no encontró ninguna receta usando Soldanella como ingrediente, pues si la hubiera hallado habría utilizado ese recurso también. Sabía que no sería sencillo, Frank no había aclarado con exactitud qué era lo quería averiguar y esa era una variedad rara, aparte de poco divisada. Esos dos antecedentes sugerían que registrar su florecimiento requeriría de una exploración amplia y continua.

En el proceso de categorización científica contó con la colaboración de Marie la bióloga hija de Monique, quien estaba bien documentada y había estudiado a profundidad la flora francesa. Aparte de dominar el idioma, Marie conocía los distintos ecosistemas y disponía de acceso abierto a las asociaciones relativas a ese campo científico. Ella asesoró sobre la selección de locaciones y métodos.

Jia Li perseveraba en la búsqueda, y al mismo tiempo aguzaba su oído para familiarizarse con la pronunciación francesa. Había visitado muchas villas, centros de esquí, senderos ecológicos y establecimientos comerciales. Se apuraba en sus recorridos porque pronto iniciaría el invierno, en un clima que ya estaba frío.

Al otro lado del océano Atlántico, los Smith insistían con ahínco en su tarea. Frank leía, buscaba y analizaba. Como era obvio, ya tenían sus reservas de tiquetes para viajar a Francia y estar presentes en el sitio investigado el 22 de marzo del siguiente año.

Lewis pensaba haber identificado ya con un grado aceptable de certeza, lo que parecía el armamento del soldado inclinado. Siendo historiador, tenía noción también de que la vestimenta de ese caballero era un uniforme, solo que no lucía como ninguno de los que él había visto en documentales, fotos, libros, o artículos escritos sobre la Segunda Guerra Mundial. Y él había estudiado bastante a todos los Ejércitos beligerantes en ese conflicto.

A mediados de enero de 2022 Jia Li contactó a Frank. Después de las palabras cordiales y demás, ella básicamente le relató:
  –Una señora me comentó algo y es lo único diferente que he escuchado.
  –Dime.
  –Dijo que ella procede de otro lugar y le fascinan esas flores pero que en su casa no las hay. Lo inusual es que según ella, su esposo sostiene que sí.

—Continúa porque parece una incongruencia.
—Afirma que las dos veces que incluso él la llevó para mostrárselas, ella únicamente observó tierra en ese emplazamiento.
—Interesante.
—En realidad no hay nada más, eso ocurrió esta mañana, y preferí ponerte al tanto a ver si apruebas mi estrategia, pretendo entrevistar al esposo.
—Es una excelente idea, sin embargo espera a que armemos un plan, porque no existe razón explicable para que ese señor acepte brindarnos información sobre su familia o su residencia.
—Está bien, de acuerdo.

Víctor, es el nombre de un empresario en Bélgica amigo de Lewis desde hace muchos años. Lewis lo conoció en el cuerpo diplomático de su país con representación en Bruselas, en donde Víctor se ha hecho acreedor de gran reconocimiento y bien merecida deferencia. Él, junto a su encantadora esposa dominicana y Dahiana su hija, han sido muy afectuosos con Frank desde el inicio de su amistad.

Es muy apreciado y gracias a su carácter solidario y su gran simpatía, cuenta con numerosos contactos que responden prestos a sus solicitudes. Habla varios idiomas y se mueve con facilidad también en Francia. Alguien de marcada credibilidad y peso social como Víctor, resultaba indispensable para conseguir el acceso al propietario de esa casa.

Después de un somero argumento acerca del motivo del interés, por intermedio de Lewis quien es un señor que se encuentra en la edad de inspirar mayor respeto, el dueño de la vivienda accedió a la visita de Jia Li.

En agradecimiento a la enorme generosidad del anfitrión francés y en aras de irrumpir lo menos posible en su intimidad familiar, Frank le solicitó a Jia Li no utilizar su móvil, no tomar fotografías ni grabar, ni tampoco permitirse ninguna actitud invasiva durante ese encuentro.

Le recalcó que debía mostrar consideración y atender a todos los asuntos sobre los cuales él deseara expresarse, sin obviar que debía direccionar la reunión hacia el tema de la flor. No era menester advertirle a Jia Li que debía registrar en su mente la mayor cantidad de detalles, ella es meticulosa y puede preciarse de poseer una memoria privilegiada.

Cuando llego a la dirección indicada, Jia Li no pudo menos que asombrarse. La residencia era lujosa y muy grande, los propietarios eran personas acaudaladas y cultas, con notorios signos de disfrutar de una elevada posición económica y social. Eso sí, como todos aquellos que son de verdadera alcurnia, que no necesariamente implica tener dinero, su modestia y humildad los caracterizaba. Así tratan ellos a los demás, con respeto y genuina cortesía sin distingos de su condición.

Condensando la entrevista, el señor Rothschild le aclaró a Jia Li que esa no era su residencia permanente. Él se desempeñaba con indiscutible éxito en el sector de servicios financieros y sus oficinas se encontraban al oeste de París.

Heredero de una cuantiosa fortuna y de una aún mayor prestancia como banquero, había conservado aquella mansión como legado de su familia. Esa casa había pertenecido a sus padres, y a los padres de ellos, remontando su propiedad a varias generaciones.

Era un caballero de presencia imponente, de cabello castaño claro y mirada muy expresiva. Jia Li sabía que tendría unos 70 años de acuerdo a la reseña que había leído sobre él antes, pero lucía muchísimo menor. Le acompañaba su esposa, una dama de piel muy clara, cabellos rubios casi platinados y ojos hermosos en tono azul celeste. Ella estaría rondando los 45 años según su apariencia. Ambos mostraban maneras finas y un porte de gran distinción.

Respecto al motivo primario de la conversación, el señor Rothschild declaró que había contemplado esas flores ahí en su propiedad. Condujo a Jia Li hasta el sitio donde las había observado y le dijo:
−Aquí mismo las vi, en esa jardinera. Muy rara vez por cierto, pero estoy seguro de que eran similares a las de su fotografía.
−Le agradecería que me indicara cuál uso tiene este recinto, por favor.
−Es la sala de cómputo, no la utilizo mucho pero mi hijo mayor sí lo hace. Allá está la biblioteca, contigua a ella, mi oficina personal y mi sala de negocios.

Jia Li observó que los espacios eran abiertos y prolijamente decorados. Las estancias privadas del dueño de casa lucían enchapados en madera de fino acabado y estaban dotadas con muchos equipos de tecnología moderna, sin duda para mantenerse conectado y actualizado en el competitivo mundo de la banca.

Ese constituía el único sector con jardineras adjuntas a las ventanas. En el resto del espacio exterior de las habitaciones, área social y de servicios, destacaban pisos con un elaborado diseño en piedra natural tallada. Había un sector pavimentado, sin duda parqueaderos para visitantes o áreas de maniobra para sus propios vehículos. Mas allá seguía una extensa zona de jardines muy cuidados, con fuentes, terrazas, un puente y algunas esculturas de ornato clásico.

La parte posterior de la vasta residencia estaba conformada por un bloque central de altos ventanales, con dos alas a sus costados, de menor tamaño. El punto focal era la puerta principal de acceso al área de reserva forestal. Los peldaños de su escalera finalizaban en una rampa angosta con salida a caminos laterales y a un amplio lago de aguas cristalinas enmarcado con hileras de pinos y otros árboles maduros.

Al regresar al salón donde la habían recibido, se unió a la conversación Frieda, la esposa del anfitrión. Mientras éste tomaba su bebida, ella le comentó en tono informal a Jia Li:
—Él insiste en que sí tenemos de esas flores, pero incluso yendo enseguida lo único que he visto es tierra, sin vestigios de plantas de ninguna variedad e incluso bastante desértica.

—Le ruego que disculpe mi imprudencia señora, ¿Alguien más habita aquí?
—En realidad venimos en muy pocas ocasiones. Algunas personas nos colaboran en el mantenimiento de este lugar con frecuencia, pero nuestros hijos consideran a París más divertido.
—¿Sus hijos tal vez podrían haberlas visto?
—No creo que ninguno preste atención a la floricultura. Uno sí es muy sensible en asuntos de la naturaleza, pero hace varios años que reside en su propio departamento. Solemos venir todos juntos de vacaciones para esta temporada, ¿Acaso le parece necesario hablar con ellos?
—No me habría atrevido a tanto, pero le agradecería si usted tuviera la gentileza de permitirlo porque sí me resultaría útil.

Se digirieron al salón de juegos en donde se encontraban los jóvenes. Los tres saludaron de manera cortes a Jia Li. Pierre tendría alrededor de 32 o 33 años, Jia Li lo encontró atrayente tanto en su apariencia física como en su personalidad. El segundo hijo, Herman, de unos 23 años también mostró correctos modales y su hermana menor Érika era una espigada jovencita con igual adecuada etiqueta.

Los dos menores expresaron que no habían visto nada, porque además tampoco prestaban atención puesto que no eran particularmente adeptos a la jardinería. Demostrando las lecciones de urbanidad que les habían prodigado, lamentaron no poder ayudar a Jia Li en la investigación y le desearon toda clase de éxitos en su tarea, se despidieron con finura y de inmediato regresaron a sus videojuegos.

Pierre siguió a sus padres, acompañando a Jia Li de nuevo al salón. Él afirmo sí haber visto las flores, poco antes de haber sido enviado a completar su educación académica superior en el extranjero.

Fue bastante inquisitivo en obtener de Jia Li alguna explicación de por qué aquello sería tan vital. Dado que ella misma tampoco lo sabía, la conversación derivó en frases poco trascendentes respecto a sus propias carreras. Jia Li no tenía ninguna, por el momento, pero consideró inoportuno ofrecer información sobre ella pues la estrella principal de aquel acto era una flor, que nadie encontraba.

El señor Étienne Rothschild, su esposa y su hijo mayor escoltaron a Jia Li hasta la entrada de la residencia y le agradecieron su interés. El banquero se excusó por no poder dedicarle más tiempo pues debía presidir una reunión, se despidió y se retiró junto con su esposa.

Pierre intercambió número telefónico con Jia Li y le anunció que pasaría algunas semanas con su familia. Ateniéndose sin discusión a lo que ella considerara conveniente, le pidió que si encontraba algo digno de contarse tuviera la cortesía de avisárselo también a él. Formaba parte del patrimonio de su linaje y cualquier asunto relacionado con sus padres o hermanos le incumbía.

Al recibo del reporte, Frank quedó medianamente satisfecho con el resultado, pero no por falta de esmero de Jia Li, pues eso había salido muy bien debido a la argucia subconsciente de relajación urdida por la tenacidad y sutileza de ella. Lo que él contemplaba en su mente era que al contrario de ir juntándose las piezas, parecían ir esparciéndose porque cada vez surgían más.

Desde la revelación del proyecto en la sala de su casa, Andrew Álvarez su mejor amigo, había tenido que marcharse para poder hacerse cargo de varias diligencias atenientes a los colegios de sus hijos, y posteriormente había ido a otra ciudad para apoyar a su madre en las reparaciones de su vivienda.

Cuando está lejos, Andrew llama para cerciorarse del estado de los Smith. Frank siempre le respondió que se encontraban bien y que nada había dilucidado aquel misterioso asunto. De hecho Frank le estaba diciendo la verdad, porque durante esa ausencia no encontraron explicación apropiada para lo que sucedió, si es que algo había sucedido. Andrew interpretó esas frases como que toda la estratagema había sido reprobada y el episodio estaba olvidado.

El siguiente fin de semana vendría a visitarlos y ya Frank les había advertido a sus padres sobre no mencionar nada relativo a ese tema. No lo hacía por engañar a su amigo, sino por evitar incomodarlo pues ellos siempre respetan el criterio de los demás.

Andrew es un cristiano fervoroso y guarda especial celo en vivir de acuerdo con sus altos estándares morales. Los Smith aprecian por igual a todos sin importar sus creencias, no hay polémica. Azucena sostiene que ella no está en capacidad de confirmar ni de negar algo de tan encumbrada magnitud.

Andrew llegó de buen ánimo, su estado natural. Empezó dirigiéndose a Frank:
—Me alegro de que hayas cambiado de hobby, deberías emplear tu tiempo en algo que realmente te dé resultados.
—Ya quisiera yo.
—Es que los humanos somos insignificantes ante tanta grandeza de la creación, nuestro mundano razonamiento no nos alcanza para desentrañar sus misterios...
—Ni que lo digas, ¡Tal cual!
—Qué descanso que ya desistas de comprender lo incomprensible. No está en ti, ni en nadie, no tenemos la sapiencia, podemos enfocar toda nuestra energía en hallar el sendero y la verdad no nos es revelada.
—¡Créeme que no se podría describir mejor! Pero regresando a un asunto más terrenal, ¿Cómo está tu mamá?
—Muy bien, mis hermanas han ido a acompañarla y una de ellas, con mi cuñado, se quedaron a vivir cerca para estar pendientes.
—Es una estupenda noticia.
—Sí, y hablando de esas, llamemos a tus padres.

Entraron ellos y Andrew anunció entusiasmado:
—Me contestaron de la empresa a donde apliqué para el empleo y empecé el lunes pasado.

Frank respondió que se alegraba de corazón por él. Lewis lo felicitó y Azucena agregó:
—Eso es excelente Andrew, podrás desempeñarte en lo que te gusta y obtendrás mejor remuneración seguramente. Bastantes concesiones hiciste para esto.

—Por ahora entro como asistente en el cargo, escalando podré llegar a ser jefe de departamento, la seguridad de la fábrica, los temas de contratación y otros renglones serán mi responsabilidad.
—Lo lograste, estamos muy orgullosos de ti.
—Gracias, pero bien, como ustedes saben no todo puede ser bueno en la vida. Este año y quizá el entrante, no voy a acompañarlos más a Europa, lo entienden, no se vería bien que recién ingresado yo quiera sincronizar mis vacaciones a mi gusto y no al de las necesidades de la fábrica.
—No te preocupes por eso, hablo por todos cuando digo que nuestra prioridad al respecto es tu adecuada proyección a futuro.
—Se los agradezco.

No es Frank quien viaja con frecuencia, es Lewis, pero él no requiere asistencia. Frank va de vacaciones en algunos años y durante otros permanece en su casa, Azucena como es lógico siempre está en donde se encuentre su hijo.

Acompañar a Lewis depende de cuáles actividades tengan pendientes en Brevard los demás integrantes de la familia. También de cuántos desplazamientos esté obligado a cumplir Lewis cuando viaja pues él obedece a un itinerario que definen sus superiores.

En conclusión, apoyaban de manera efectiva a Andrew pero sin trasgredir en modo alguno su completa autonomía. El hecho de que no viajara con ellos en ese 2022 o al año siguiente no representaba ninguna adversidad pues ya habían hecho esa travesía y otros recorridos sin su presencia en numerosas oportunidades anteriores. Los Smith tenían como premisa no desarrollar dependencia externa y suplir sus propios requerimientos era un punto de inflexión para ellos. Elliot movilizaría a Frank en este desplazamiento y para enfatizar todavía más, en varias ocasiones pasadas habían ido a Francia incluso los tres solos sin asistente y Lewis se había encargado de la total movilización de su hijo sin ningún contratiempo.

Eso sí era posible, pero no recomendable todas las veces. Un apoyo adicional amplificaba el abanico de actividades que se podían realizar, y en tanto contaran con los medios para contratar quién hiciera más confortable el viaje para todos, utilizarían ese recurso para resguardar adecuadamente su condición física.

En contraposición, tener menos testigos liberaba algo de presión en el campo escrutado para lo que pretendían dilucidar en el viejo continente. Había que tener en cuenta que hasta el momento no podía hablarse de ningún fenómeno ponderable puesto que todo se reducía a conjeturas, que la mayoría de la gente desestimaría de entrada.

5

Jia Li le habló por teléfono a Frank:
—Pierre el hijo del señor Rothschild, me acaba de invitar a tomar un refresco. ¿Tú tendrías alguna objeción?
—No, ninguna. Y lo que converses con él no entra en los reportes, es una interacción externa al protocolo laboral. Habla muy bien de ti que hayas mostrado la deferencia de consultar mi opinión, te lo agradezco y estás en tu derecho de aceptar.

Frank esperaría eso, pues Jia Li había probado conducirse con un impecable profesionalismo. Por otro lado, ella procedía de un país asiático, Frank sabía que en esos pueblos el sentido de pertenencia hacia la empresa y de lealtad hacia sus empleadores está muy arraigado en un colaborador, algo adicional para admirar en la población de ese origen.

El encuentro entre Jia Li y Pierre se desenvolvía en forma distendida. La sonrisa cálida de él no era fingida. Hablaba desprovisto de toda afectación, mostrando entusiasmo en escuchar la historia de ella en vez de exponer la suya. Ella fue sincera y aclaró todos los componentes de su situación, sin adornar sus fortalezas ni ocultar sus falencias. Él se sintió conmovido por el enorme sacrificio que ella hacía en pro de incrementar la solvencia económica de sus progenitores y de su propio porvenir.

Intentando ser de utilidad pero haciéndolo sin mostrar intromisión directa, Pierre propuso:

—Quizá mi papá podría ayudarte, él está en posición de conseguirte una beca y así te sería posible estudiar biología, es decir, tu botánica.

—Es muy dulce de tu parte pero no quiero lograrlo de esa manera. Estoy en francés avanzado ya y confío en que seré capaz de ganarme el cupo en alguna institución estatal de educación superior.

En el ambiente en el que había crecido Pierre sus amigos tenían asegurada la formación profesional desde sus cunas. Reconoció el valor de abrirse paso con escasos medios y en un país distante, sin dominio de la lengua usada. Luego fue Jia Li quien le pidió a Pierre hablar más sobre su persona pues en verdad sí quería conocerlo un poco más a fondo.

Lo primero que había pensado Jia Li de manera instantánea cuando lo vio en casa de sus padres y junto a sus hermanos, era que las edades de algunos parecían no encajar aritméticamente. Jia Li había pulido el don de la paciencia, entonces no tocaría el tema si él no lo mencionaba por iniciativa propia. Para impulsar un tópico distinto, preguntó:

—¿Continuaste por la misma senda de tu padre y estudiaste finanzas?

—No, para nada. Afortunadamente él es flexible y nos concede espacio para el libre desarrollo de la personalidad, como dicen.

—Y ¿Hacia cuál área se desarrolló la tuya?

—Soy veterinario.

—¡Genial! Amas a los animales, eres mi tipo de persona. En verdad me agrada tu vocación.

—Gracias, me alegra escuchar eso.
—Pasaste varios años en Norteamérica, la lejanía es difícil prueba para una relación sentimental, vi otras que por menor tiempo y distancia, acabaron.
—Realmente no he tenido muchas. Una muy prometedora pero que no funcionó. Yo creí haber encontrado mi pareja ideal, no obstante según vemos ella no pensaba lo mismo respecto a mí.
—Te comprendo, sé lo que se siente. En todo caso, chicas bellas no faltan en Francia, debes haber encontrado varios alicientes como consuelo.
—Sí son hermosas, no viven eclipsadas sino que brillan con su propia luz, intelectuales y cultas, el problema soy yo.
—Eso parece difícil de creer. ¿Bipolar? ¿Debo protegerme?
—Pues no…todavía. Pero en serio, yo participo en manifestaciones, genero alboroto por la conciencia hacia el trato animal, soy ambientalista, me preocupa la contaminación, el vertido de desechos al mar, la capa de ozono, cambio climático y la conservación.
—¿Vegano acaso?
—No tengo tanta fuerza de voluntad como para eso, sin embargo sí suelo ser casi que una decepción para las chicas casaderas del círculo en donde me he movido, no soy el prototipo del hijo que se esperaría de un capitalista.
—¿Él qué opina?
—Que debemos hacer aquello que nos apasione, los tres.
—Y tu madre, ¿Concuerda con él?
—Sí, por su ascendencia tiende a ser más rigurosa en la disciplina pero me quiere y procura mi felicidad,

además es discreta y por eso respeta que no tiene injerencia ni autoridad suficiente sobre mí pues el mayor peso en esas decisiones recae en papá.

—Hum... no sé si estoy comprendiendo bien tu francés...

—Manejas bien el idioma, lo que estoy diciendo es que ella ha sido una extraordinaria influencia en mi vida, pero no es mi mamá.

Jia Li se contuvo, Pierre se comportaba de manera sencilla y espontánea, no quería que se llevara una mala impresión de ella. Pierre notó su gesto de consideración y continuó:

—Por desgracia mi madre sufría graves quebrantos de salud, atravesaron muchas dificultades para poder concebirme a mí y tardaron bastante en lograrlo. Ella sucumbió ante una enfermedad que no necesitamos recordar, siendo yo todavía pequeño. Papá se ocupó de mí con total devoción, años después conoció a Frieda cuando él gerenciaba una nueva sucursal en Alemania y ya conoces lo demás.

—Mis sinceras condolencias, aún después de tanto tiempo. Debe haber sido muy difícil para ti.

—Papá, Frieda y los chicos son lo que amo, hemos forjado lazos inquebrantables. Ella ha sido tierna e incondicional conmigo. Sin embargo en recuerdo de mis primeros años, le tengo innegable apego a la casa que visitaste.

—Claro, lo comprendo. Las vivencias de las etapas tempranas marcan huellas indelebles.

Jia Li se explicaba ahora la notoria diferencia entre Pierre y los hermanos, en su apariencia y en sus nombres. Ella intuyó que sería mejor no ahondar en esos pormenores, había que dosificar a partes iguales las confesiones con los diálogos relajantes. El resto del encuentro giró sobre temas más triviales. Al momento de la despedida Pierre le expresó su deseo de verla de nuevo y ella guardaba igual anhelo.

Por el mismo tiempo en que eso ocurría, Lewis estaba tratando de identificar el uniforme del soldado inclinado. Un amigo suyo se llama Harold Mantilla y también es un oficial retirado de la Infantería de Marina. Su amistad comenzó cuando ambos eran cadetes en la academia militar, y la esposa de él, Mary, igualmente es allegada a la familia.

Harold y Mary viven en la Florida, pero estaban visitando la ciudad durante esos días. A los Smith les gustan los restaurantes de Brevard, ellos dicen que allí pueden encontrar platos caseros, comida rápida o apetitosos menús internacionales, y que además sus instalaciones ofrecen un ambiente muy agradable. Una noche estaban cenando con sus amigos recién llegados, y Lewis quien cargaba un bosquejo del uniforme que estaba buscando se lo mostró a Harold porque él ha pasado más tiempo en el exterior y conoce sobre atuendos militares de otras latitudes.

Este le aseguró:
—Yo sí he visto ese modelo antes, estaba en un folleto de dibujos a lápiz que había en la casa de mi abuelo. Tenía muchas imágenes de valientes soldados y a raíz de ellas fue que nació mi interés en la milicia.

—¿Todavía tienes acceso a ese libro?
—No, infortunadamente. Él murió hace mucho y todas sus pertenencias fueron donadas a la caridad.
—¿Sabes si tu abuelo estuvo alguna vez en la vida de cuartel o si se relacionó en algo con Francia?
—Él no, fue su padre quien perteneció al Ejército francés, a finales del siglo XIX.
—Gracias, eso me ayuda bastante.
—Qué bien, y cuenta con lo esté a mi alcance.

Este colega y su esposa entienden bien la situación del entorno de Frank, porque Harold trabaja en institutos de cobertura federal como asesor en atención a la población con discapacidad.

Otro amigo de los Smith es Felipe Bonilla, militar también y muy cercano a ellos. Es además profesional en Contaduría y Finanzas, ágil y metódico, fiable en temas de organización y tiene una excelsa cultura. Su perseverancia y espíritu visionario serían activos preciados para apoyar en el fortalecimiento de inesperados retos a futuro. Lewis lo aprecia y Azucena lo considera de muy elevada valía.

Frank por su lado había escrito varios memorandos con cada información relevante y los movía sobre un tablero para visualizar la síntesis de las posibles panorámicas. No tenía una hipótesis viable todavía, pero con los datos recopilados ya había podido inferir qué podría significar todo aquello.

Con gran consternación y no menor temor, él comenzaba a albergar el presentimiento de que se trataba de dos soldados distintos. Más aterrorizante todavía, dos soldados diferentes, en la misma estatua.

Algunas tardes después, Jia Li y Pierre paseaban por un malecón. Él sostenía cautelosamente la mano de ella cada vez que encontraban algún elemento que entorpeciera su caminata. Se sentía cómodo a su lado pues ella era grácil en sus movimientos y libre en sus pensamientos, además él creía percibir que su cabello expedía un aroma campestre quizá de esa flor o de cualquiera de las plantas que ella estudiaba.

Habían hablado ya sobre diversos asuntos y él le preguntó si adelantaba en su investigación. El dialogo se dio así:

—Quisiera ser más proactivo y poder ayudarte a avanzar, pero lo que vi en esas flores no era tan memorable— se lamentó Pierre.

—Igual agradezco tu buena voluntad, todos ustedes han sido bastante liberales y tolerantes respecto a nuestra intromisión en su pasado y en su presente. ¿Recuerdas cuántas veces las viste?

—Únicamente dos.

—Descríbeme por favor lo que te sea posible.

—Eran cúmulos pequeños de escaso espesor, las flores eran menudas y sin rasgos impactantes, de las que podrían hallarse en un pastizal montaraz.

—¿Pudiste notar la periodicidad de su aparición?

—En solo dos años no llevé un registro de ese factor. No parecían de esplendor tal que sobresalieran fuertemente ni tampoco duraban lo suficiente como para llegar a detallarlas. Supongo que a su fragilidad se debía su corto lapso de vida.

—¿De cuánto, dirías tú?

—No lo puedo confirmar con precisión, supongo que un día pues cuando estaban ahí yo no les prestaba mayor atención, pero sí podía percatarme de que al siguiente ya no estaban. Incluso si no fuera porque aún con mi desconocimiento sobre eso sé que es improbable, diría que no duraban ni siquiera un día sino menos, sí me acuerdo. Perdóname por no serte de mayor utilidad.

–No digas eso, sí has aportado muchísimo, y sé que un joven no suele pausar su vida para analizar a unas florecitas.

–Tienes razón, más me interesaba el gato.

–¿Gato? ¿Cómo era?

– ¿No hay gatos en tu país? ¡Eres adorable! Era un cuerpo pequeño cubierto de pelo con cuatro patas y una cola, que sostenía encima una cabeza con dos orejas y ojos de pupilas elípticas.

–Muy gracioso. Haz una descripción seria, si eres tan amable.

–*Felis silvestris catus*, vertebrado, mamífero de la familia felidae… ¿Sigo?

–Mejor no.

–Discúlpame, vuelve a sonreír porque todo se ilumina cuando lo haces. Pues era un gato negro común.

–¿No dicen que es mala suerte encontrarse con un gato negro?

–Sí, para el gato, encontrarse con humanos tan ignorantes. Además ese ni siquiera me prestaba atención a mí.

–Y entonces ¿A qué iba allá?

–No sé, la primera vez que lo vi era apenas un cachorrito en muy buen estado, bien nutrido, no rehuía y tampoco sentía temor de los humanos lo que indicaba que ya había experimentado algún grado de convivencia con alguno.

—¿Lo veían varios de ustedes?
—Solo yo. Quería adoptarlo pero venía poco y no demoraba, aparte de eso tuve claro que yo pronto partiría a una universidad extranjera.

Jia Li consideró esta información como algo dentro de la escala de lo que Frank denominaría "Curioso o inusual" según le había indicado al principio. Entonces agregó:
—Pierre sabes que indagar sobre la flor cuenta en mis funciones. ¿Me autorizarías a compartir otros fragmentos de lo que me hayas comentado?
—Claro, nada de lo que te he dicho es confidencial o secreto para los demás. Del gato ni siquiera hablé con papá porque él no mostraba ningún interés en mí, el gato quise decir, porque mi papá sí. Apruebo que se lo comentes a Frank puesto que debido a esta investigación yo pude conocerte.
—Gracias, pienso igual. Y ¿Qué hacía ese gato?
—Olfateaba las flores, y al parecer revisaba la cantidad de pertenencias que yo tenía, suena raro pero eso creía, luego ya no le interesaba y se iba.
—¿A dónde?
—Lo ignoro, nunca lo vi irse, ni quedarse.
—En tu casa de Los Alpes hay jardineras frente a la ventana del salón de cómputo y a la biblioteca de tu padre. ¿Ahí se paraba el gato?
—Solamente en la sala de cómputo. No iba a ningún otro sitio porque las flores aparecían allí.
—Una pregunta más, ¿Tendrías alguna idea sobre en cuál estación veías las flores?
—Con eso sí te puedo ayudar porque noté que las vi en ambas ocasiones durante la misma época, y yo

supuse que era la estación de su florecimiento. No puedo asegurar si todos los años puesto que durante la mayoría no estuve en esa casa. Pero sí sé la fecha de la última vez que las vi, porque al día siguiente partí hacia otro país para estudiar por una etapa prolongada. Es decir, las vi el 22 de marzo de 2010.

Al día siguiente tan pronto recibió la notificación de JiaLi, Frank captó que debía existir algún tipo de conexión. Por motivos desconocidos esas flores elegían brotar los 22 de marzo únicamente, pero no sucedía lo mismo con las otras en toda Francia.

Algo especial había en las flores. O en la fecha. Ese sería el detonador que debía marcar el derrotero decisivo, aunque otro factor pudiera ser vinculante.

Por esos días, Lewis fue a Highland Books, una excelente librería en Brevard, donde hay un variado surtido de textos de referencia. Una gran ventaja allá es que los empleados pueden asesorarlo a uno si en ese momento no disponen del libro requerido.

Lewis sí pudo encontrar ese día una cartilla con ilustraciones pintadas al detalle, sobre uniformes europeos de diferentes periodos. Así confirmó que el de la estatua inclinada correspondía al usado por el Ejército francés durante la Guerra Franco-Prusiana.

Estando ya en casa, Lewis y Frank estudiaron minuciosamente todas las batallas que hubieran tenido lugar en aquella región a causa de esa guerra. Ninguna aparecía registrada un 22 de marzo, pero podría haberse tratado de una escaramuza o ataque no registrado por no haber ocasionado tantas bajas.

Mediante declaraciones de apoyo, ellos habían llegado a la conclusión de que aquel homenaje no se erigió para un objetivo puntual, es decir, que no era únicamente para los caídos en un combate conciso ni tampoco exclusivo para los oriundos de ese sector. Se estaría hablando tal vez de la suma de ambos factores y es probable que de algunos hechos más.

De acuerdo al entendimiento de Frank y a sus procesos mentales para sacar una deducción, la clave estaría en que la estatua representaba a alguien que había nacido, o había fallecido allí. Un nacimiento sería en extremo improbable, la ubicación de ese punto era lejana a centros de asistencia en salud, no se encontraban viviendas en sus perímetros cercanos y tampoco era ruta de paso hacia ningún destino.

En contraposición, esas áreas fueron escenario de altercados armados durante varios ciclos históricos. La dificultad para el avituallamiento de las tropas durante esas faenas aquejaba por igual al suministro de pertrechos que al traslado de heridos o a la recolección de los fallecidos. Aún sin constancia alguna, el planteamiento más factible sería que alguien hubiera muerto sobre ese metro cuadrado.

Tras un corto lapso, de nuevo compartieron algún tiempo juntos Jia Li y Pierre. Ella se enteró de una novedad relevante cuando con candidez le consultó:
—Te llamas Pierre y en mis rústicos conocimientos del francés conocí esa palabra con otra acepción. ¿Te llamas "Piedra"? ¿Les agradó ese apelativo?

–Significa piedra pero evoca firmeza y fortaleza, por eso es un popular nombre masculino, San Pedro Apóstol lo portaba. Equivale a Pedro en español o a Pietro en italiano, cuyo diminutivo es Piero. Y ni mi padre ni mi madre biológica me lo asignaron.
–Y entonces ¿Quién?
–Mi abuelo paterno, les pidió que me bautizaran así en memoria de su hermano menor quien falleció muy joven. A mí me gusta mi nombre.
–A mí igual. ¡Y no es lo único que me gusta de ti!

Lewis y Azucena hablan francés, Frank lo estaba estudiando. La doctora María Isabel es una brillante odontóloga que dirige varios centros especialistas en atención a niños, o jóvenes en condición especial, y ella había asignado el soporte idóneo.

Era el doctor Kevin Castro, odontopediatra muy solicitado por su experticia y extraordinario carisma para solucionar cualquier problemática en pacientes nerviosos o de manejo delicado. Él ha cuidado de la salud oral de Frank desde hace mucho, controlando patógenos que puedan afectar los músculos laríngeos indispensables para la fonación. Las cuerdas vocales permiten emitir y modular los sonidos, en cualquier idioma. El joven le pidió su juicio sobre la imagen y Kevin expresó su opinión:

–Aun para la época Victoriana que se insinúa en el contexto, la odontología general era rudimentaria. Por la cavidad bucal cerrada ignoro si le faltan piezas, pero no se evidencia lesión protuberante ni cóncava circundante a la mandíbula, el mentón simétrico denotaría algún cuidado dental y eso era costoso, tendría recursos y cierto nivel educacional.

6

Tiempo después la familia Smith viajó a Francia y alquiló una casa muy cerca al lugar de su proyectada observación.

En un almacén próximo al hogar de ellos, siguiendo las especificaciones técnicas que ya Manuel le había indicado, Lewis compró con anterioridad dispositivos electrónicos de exigente rendimiento y resolución capaces de registrar, filmar, capturar imágenes y medir algunos otros parámetros.

De ese modo se habían abastecido para su odisea.

Ya en Francia le concedieron dos días libres a Elliot y dinero extra para que el joven se divirtiera por su cuenta. Lewis pagó su alojamiento y alimentación en un hotel de categoría. También rentó un carro para uso de Elliot, quien quedó cómodamente instalado durante su descanso. Él no hablaba francés, pero en cada viaje se le adjudicaba suficiente tiempo libre para que pudiera explorar a su propio gusto.

El 21 de marzo Frank y sus padres se retiraron muy temprano a dormir. Habían dispuesto de los insumos para pernoctar en el sitio de ser necesario, conocían la topografía y sabían de sus antecedentes, los reales y los novelescos auspiciados por el imaginario popular. Se levantaron a las 11:30 de la noche, organizaron sus provisiones y salieron. Faltando diez minutos para la medianoche ya estaba su camioneta estacionada frente a la estructura. La idea era cubrir cada segundo de las 24 horas en ese día 22de marzo del año 2022.

Aquel era un monumento alejado de cualquier vía pública, emplazado en un paraje desolado. Hay que tener en cuenta que se erigió en 1949, en esa época estaba muy poco poblada la mayoría del sector. Es lógico que para elegir el lugar donde lo iban a levantar lo que primaba era la relevancia histórica y geográfica del punto escogido.

Con seguridad los héroes allí honrados habían caído en diversos sitios cercanos y no todos el mismo día, sino durante distintas fechas concernientes a la Segunda Guerra Mundial.

Por todo lo anterior, el concepto de paraje solitario es una interpretación adaptada al vocabulario de los tiempos contemporáneos con una mayor densidad poblacional. Sin ninguna duda ese sentido homenaje de metal y piedra se instaló exactamente en el punto perfecto en donde debía quedar.

No cuenta con cámaras de seguridad, porque no las necesita. En sus alrededores hay solo vegetación, la construcción es sólida, los cimientos reforzados y las esculturas por su peso y tamaño serían difíciles de transportar. No se les puede seccionar de manera rápida dado que son de bronce, y el resto de los componentes del complejo son hierro y cemento. Significa que aunque no es inexpugnable, no hay nada allí que ladrones inescrupulosos puedan robar.

Pero su principal defensa de seguridad es que está ubicado en Francia.

En esa incomparable República los conceptos de respeto a la propiedad ajena y de protección a los elementos públicos son inherentes a la educación de cada habitante. Con excepción de París y otros densos conglomerados urbanos o centros turísticos que por desgracia no son inmunes a sufrir de altas tasas de inseguridad, las otras regiones permanecen serenas, exhibiendo estilos de vida satisfactorios y atrayentes.

El caso es que la camioneta de los Smith aparcada durante varias horas en aquel lugar no iba a resultar un vehículo sospechoso.

Ellos habían llevado todo lo que previeron que pudieran necesitar para cubrir sus requerimientos propios, así como para efectuar el inusitado operativo.

Lewis afrontaba la espera de manera ecuánime y sin vacilación, con independencia de lo que pensara. Él haría lo necesario por su hijo.

Azucena estaba habituada a prolongados periodos de quietud al lado de su hijo, pues eso sucede durante cada vuelo intercontinental que toman.

Frank aguardaba con expectante emoción. Los tres resistían bien el helado aire circundante al exterior del vehículo. El invierno había estado particularmente gélido y aunque para ese momento el clima debería estar despejado y la temperatura haber subido más, atravesaban un frente de variaciones atmosféricas ya advertidas por los servicios meteorológicos. Vientos fuertes, días menos luminosos y todavía fríos, eran rezagos de la estación invernal que apenas había terminado de manera oficial, según el calendario.

La jornada avanzó hasta su fin y contra todo pronóstico, no sucedió nada, o al menos eso parecía.

Este punto sería debatible porque en realidad, expresándolo en términos literales no ocurrió ningún evento que dejara un registro fílmico que fuera en verdad fructífero o de algún interés. Los equipos funcionaron según lo esperado, sin fallas técnicas, y excepto durante contados episodios en los que la densa niebla no permitía clara visibilidad, todos los lentes captaron sin interrupción las mismas imágenes, tomas de tres estatuas que permanecieron inmóviles.

Durante aquellas 24 horas con 39 minutos de permanencia en ese lugar, se presentaron varios cruces de aire pesado, neblina condensada y una bruma espesa que imitaba el efecto de encontrarse inmerso en una nube de algodón que lo envolvía todo. Una característica notoria fue que ese algodón tenía muy baja temperatura.

La obstrucción visual era marcada durante esos episodios, entonces Frank aguzaba sus otros sentidos. Tenía claro que debía concentrar su atención al tiempo alrededor de las 6 de la tarde porque en ese lapso estaban capturadas las dos únicas fotografías que evidenciaron el cambio de posición del soldado.

Él no contempló en ningún modo ir a ubicarse demasiado cerca de esa figura ni tampoco tocarla. No tenía idea respecto a qué se estaba enfrentando y desconocía cuáles efectos podría causar algo así.

Obviamente estaba involucrado y sí pretendía dilucidar el misterio, pero él era un discapacitado sin movilidad propia, con dos acompañantes de edad madura y los tres eran simples humanos vulnerables en un lugar recóndito. Su instinto de supervivencia era lo que primaba, él quería averiguar, sí podía, cuál era el aura anómala de ese lugar pero no lo haría a costa de la integridad física de sus padres.

Recogieron los equipos, tomaron un descanso y sin retirarse del lugar intercambiaron sus percepciones. Todos habían acudido allí con algo de aprehensión, pero firmemente decididos.

El discernimiento científico de Lewis le inducía a querer comprobar si algo sobrenatural era posible.

La cautela de Azucena la impulsaba a asistir a sus amados seres, pues no suponía ni descartaba nada. Presenciar algo excepcional sería invaluable, pero más quería asegurarse de que en lo que pasara, se mantuvieran los tres a salvo. Frank se alegraría si la estatua se movía, Lewis descansaría si la estatua no se movía, y ella intentaría evitar cualquier daño a los suyos si había algún movimiento.

La tendencia sociable de Frank por su lado era el motor que lo llevaba a auxiliar a quien parecía necesitarlo. Mostraba además la osadía juvenil.

Frank dijo que no había sentido nada terrorífico, que por el contrario durante la hora trascendental había percibido algo parecido a un halo apaciguador, sin ningún atisbo tenebroso que le hiciera desear irse de ese lugar. El trance no presentó riesgo inminente.

Azucena destacó haber creído sentir un tenue aroma de suave fragancia, no era intenso pero ella estaba segura de no haberlo notado cuando llegaron al lugar, ni percibido durante la mayor parte de su estadía. Había sido efímero puesto que se había difuminado prontamente.

El reporte de Lewis fue igual de inexplicable, sin embargo parecía estar más relacionado que los anteriores con el aura de un soldado. Él sí confesó haber sentido algo atemorizante, porque le trajo de vuelta recuerdos que hubiera preferido no tener. Esos sonidos ya los había conocido durante su servicio activo. Narró que en determinados instantes le parecía escuchar vívidamente gritos, voces amenazantes, lamentos ahogados por la resonancia de disparos, órdenes imperiosas y un concierto de sonidos entremezclados que invocaban pavor. No guardaban ninguna armonía entre sí, más bien semejaban un caos. En su experiencia se trataba de la forma en que se escucha el fragor de un combate. Añadió que oyó un violento alarido de desgarradora profundidad, seguido por un gemido sostenido que se fue desvaneciendo gradualmente. Una voz trémula balbuceaba algo que él no comprendió y se fue apagando hasta convertirse en un susurro inaudible. Luego seguía oyendo lo que él interpretaría como una respiración entrecortada durante algunos minutos mientras las demás ondas sonoras parecían ir alejándose poco a poco como perdiéndose en la distancia. Y ya no escuchó nada más, como si la respiración hubiera cesado, todo aquel tumulto parecía haberse detenido. Después se hizo un silencio sepulcral que a él le estremeció.

Coincidieron en que no había nada qué probar, pero sí bastante por analizar. Frank reiteró que llegaría hasta las últimas instancias sin importar cuánto brío requiriera, él no iba a abandonar a su soldado.

Regresaron a la casa en Francia. Después de un receso, Frank decidió ensayar un nuevo enfoque, depurando lo que no contribuyera. Le pidió a Jia Li revisar los apuntes para verificar que no se hubiera omitido ningún detalle, y si había encontrado alguna pista nueva de la que él no estuviera enterado le urgía que se lo reportase pronto.

Ella le envió un informe aún más completo, que incluía anexos actualizados sobre el gato y sobre el deceso del joven tío de Étienne, el padre de Pierre, motivo de su nombre.

Jia Li no podía concluir con certeza si aquella información pudiera ser de algún provecho para los fines de la investigación, sin embargo el acatamiento de las instrucciones era una cualidad muy afín con su ideología. Además de manera honesta esperaba que Frank lograra encontrar lo que estaba buscando y que por consiguiente la tuviera a ella en la alta estima profesional que le correspondía y pensaba merecer.

Una tarde Frank le comentó a su padre:

—La estatua es de un soldado de allá, ¿Verdad? Es que se me están agotando las ideas y empiezo a buscar alguna válvula de escape antes de llegar a claudicar. ¿No tenía fama una unidad con gente de otros países?

—La Legión Extranjera es una gloriosa rama militar. La ciudadanía francesa puede solicitarse después de tres años de servicio y un soldado herido en combate por defender a Francia podría pedirla bajo una disposición, "Francés por la sangre derramada".
—Y ¿Existía ya en esa época?
—Sí. Como tal con ese nombre, fue creada durante el reinado de Luis Felipe de Orleans hacia 1.831 para organizar en un solo grupo a los extranjeros que ya servían en las Fuerzas Armadas Francesas.
—¿Intervinieron en la guerra Franco-Prusiana?
—No fue concebida para la región metropolitana pero de hecho ante la necesidad de más soldados entrenados en las etapas finales de esa conflagración, la desplegaron en Francia por primera vez. Sé eso por textos históricos pero puedes consultarlo en la página oficial referente a la Legión Extranjera Francesa. Los Legionarios son un cuerpo de élite muy selecto. Regresando a la escultura, en mi opinión es un oficial del Ejército y francés de nacimiento.

Habiendo juntado la nueva información y teniendo en cuenta que el éxito no dependía de recaudar las evidencias porque de esas no había, Frank entendió que no podía comprobar sino solo imaginar. Era cuestión de ser creativo y si al final no resultaba nada, no sería por falta de temeridad. Si la tarea iba a fracasar pues que lo hiciera por culpa de los sucesos incompletos, no por la suya. Entonces concibió una teoría que podía parecer descabellada sin duda, pero no más que todo lo que ya habían escuchado, visto e incluso olfateado hasta ese momento.

Combinando todas las anteriores hipótesis descartó a la mayoría y se decantó por la que él consideró la menos ridícula. Repasó cada apunte y creyó haber decodificado un mensaje. Había una estatua, dos soldados y dos representaciones, eso significaría que ambos habían accedido al derecho de recibir ese homenaje. Uno lo ostentaba de manera casi continua y el otro parecía reclamar su propio espacio esporádicamente durante muy cortos lapsos.

El problema era que no se conocía la identidad de ninguno de los dos. Al fallecido durante la Segunda Guerra Mundial todavía no se le podía adjudicar identificación sin margen de duda puesto que la placa conmemorativa registraba 19 nombres sin hacer distinción. Este era menos difícil dado que con los registros existentes se podría desglosar de forma relativa la fuerza a la cual había pertenecido cada uno. Además en este caso no parecía haber ninguna inconsistencia ni fenómeno atípico.

El verdadero reto era concatenar la data hasta saber por qué el caído en la guerra Franco-Prusiana se hacía presente exactamente en el mismo lugar.

Frank sintió estar ante una encrucijada, pero al no contar con otra alternativa concluyó que era necesario entrar en contacto con la familia de la residencia en Los Alpes dado que una de las piezas fundamentales en este enigma eran esas flores.

Mediante los buenos oficios, nuevamente de Víctor el amigo de su padre, consiguieron una audiencia. Frank y Lewis ya con el apoyo de Elliot se desplazaron hasta el sitio en donde el señor Étienne

Rothschild tuvo la gentileza de conceder un breve lapso entre sus compromisos para dialogar con ellos.

El señor Rothschild y Lewis se entendieron muy bien de inmediato. Incluso siendo Lewis algo menor, compartía con él iguales aficiones literarias y un extenso bagaje cultural lo que les permitió entablar disertaciones intelectuales muy gratificantes para ambos.

Como es comprensible, el francés les pidió ser precisos en cuanto a la razón por la que habían requerido un encuentro con él. Estaba intrigado al respecto pero también debía cumplir con una apretada agenda preestablecida.

Hasta ese momento Frank había preferido adoptar un perfil bajo y pasar inadvertido mientras examinaba el comportamiento y las reacciones de Étienne, buscando encontrar la manera objetiva de exponer su hipótesis.

Consideraba Frank y con razón, que esta era una cuestión que él había abordado por decisión suya, pero que no debía inmiscuir a otras personas si estas no querían participar por su propia voluntad. Y para volver más empañado el panorama, exceptuando las flores en común no existía ningún indicativo de que esta familia estuviera relacionada en forma directa.

Sopesando bien sus opciones Frank se animó a entablar conversación con el señor Rothschild. Tenía que hacerlo, no vislumbraba ningún otro camino para evitar el estancamiento o pérdida de rumbo y estaba claro que nadie iba a proseguir con esto si él desistía.

Frank sabía expresarse con propiedad y era consciente de que a pesar de su juventud quienes estuvieran en torno suyo demostraban paciencia a causa de su condición. Por su parte Lewis supo captar que su misión de tender un puente entre Frank y aquel caballero ya se había coronado con éxito y era momento de cederle el paso a su hijo.

Frank inició la conversación:
—Le estamos inmensamente agradecidos por la generosidad con su tiempo hacia unas personas que usted no conoce.
—Lo hago con gusto sin embargo apreciaría mucho que esta conversación no se extienda demasiado.
—Por supuesto. Permítame por favor preguntarle, ¿Sus ancestros fueron foráneos? Lo digo porque su apellido no representa la lingüística francesa.
—Data del Sacro Imperio Romano Germánico y significa escudo rojo en alemán.
—¿Usted nació en Francia?
—Sí y desde que tengo uso de razón nos hemos considerado leales franceses. Mis padres, mis abuelos y los suyos nacieron en esta tierra. Mi ascendencia Gala se remonta a centurias y fluye por mis venas.
—El nombre de su hijo mayor es una bella expresión de su lengua nativa.
—Fue en honor de un tío que no conocí, se llamaba Pierre y desafortunadamente murió de forma trágica siendo un niño de dos años.
—Algo semejante no se olvida ni al paso de varias generaciones, reciba nuestras condolencias.
—Muy amable. Es de lamentar que sufrimos otra pérdida, el abuelo de mi padre también llamado así

murió bastante joven durante La Primera Guerra Mundial.

—¿Dos antepasados suyos llamados igual murieron a temprana edad en guerras?

—Pero fueron la excepción, no la regla. Pierre es un nombre frecuente en nuestra familia y la mayoría de ellos ha gozado de largas y prósperas vidas.

—Si no es insolencia de mi parte, ¿Podría agregar algún otro dato sobre esos dos parientes?

—Mi tío Pierre nació en 1942 y falleció en 1944, ignoro por cuál causa puesto que mi padre evitaba hablar al respecto. Mi bisabuelo, Pierre, nació en 1895 y entiendo que falleció hacia finales de la Primera Guerra Mundial, no sé bien la fecha.

—Usted es conocido por su benevolencia, ahora puedo comprobar que lo que se dice es verdad, no tengo palabras para ponderar el desprendimiento con el que nos ha compartido sus vivencias familiares.

—Nada tenemos que ocultar, todos conocen la historia de la familia e incluso bastante se ha escrito sobre ella. La valentía y el pundonor de nuestros predecesores son motivo de orgullo para las nuevas generaciones. Dignidad y honra son el más preciado legado que ha llegado a nuestros días.

—De antemano le ruego que me disculpe y si no puede o no desea responder mi pregunta por favor siéntase libre de decírmelo pues yo me estoy inmiscuyendo en su privacidad. Si no se siente cómodo lo comprendo, le presento mis excusas y no le quitaremos más de su valioso tiempo.

—Haré mi mejor esfuerzo.

—¿Alguno de sus antepasados participó en la guerra Franco-Prusiana combatiendo en el Ejército francés?

—No conozco la totalidad de mi árbol genealógico.
—Entiendo.
—Espere un momento joven, no evado el cuestionamiento sobre si algún antiguo Rothschild tomó armas en contra de otra rama de su propia familia. Me refiero a que en realidad desconozco esa información. ¿Hay algún motivo particular para averiguarla?
—Sí, pero con honestidad le advierto que todavía no estoy en capacidad de explicarle cuál sería ese.
—Pediré que se indague al respecto.
—No es más por el momento, gracias por encargar eso y por haber aceptado hablarnos. Apreciaría mucho si aceptara comunicarme cualquier dato suplementario o adicional que estime conveniente. Que tenga una buena tarde.

Frank persistió y le concedieron un tiempo más en la casa de Francia con la esperanza de que el árbol genealógico que se iba a estudiar proporcionara rápida evidencia nueva.

Él asignó sobre su tablero un apartado exclusivo para los antepasados de esa familia. Dio inicio enfocándose en la adjudicación de nombres puesto que esta era la única variable repetida que había notado. Luego organizó la cuadrícula elaborada en orden cronológico inverso:

Pierre 1; nacimiento 1989, edad a fecha marzo 2022, 33 años, profesión médico veterinario.

Pierre 2: nacimiento 1942, fallecimiento 1944, sin profesión.

Pierre 3: nacimiento 1895, fallecimiento alrededor de 1918, profesión militar.

Todas las actividades cotidianas de Frank estaban impregnadas de su obsesión por hallar con premura algún hilo conductor que unificara estos datos. Con excepción de su nombre compartido, no se revelaba ningún elemento para aunar sus vidas.

Frank repasaba de izquierda a derecha, después de arriba hacia abajo, retornaba al inicio y comenzaba el proceso de nuevo haciéndolo en vía contraria.

Su acuciosa sagacidad le empujaba hacia un camino en el cual no había experimentado antes, algunos datos convergían hacia una constante repetitiva y ahí fue donde él pensó haber detectado un patrón: Los nacimientos tenían lugar cada 47 años.

No se requería de una aguda perspicacia sino más bien de una urgencia apremiante de avanzar, por cualquier medio. Entonces, de manera subjetiva Frank llegó a la conjetura de que si existía un Pierre 4, debería haber nacido 47 años antes en la línea de tiempo, 1848.

Detuvo en ese punto sus elucubraciones, ya no había nada más qué hacer aparte de esperar el resultado del rastreo encomendado a Rothschild.

Fue una oportuna jugada puesto que poco después recibieron el estudio esperado.

La comunicación del señor Rothschild enumeraba la relación completa de los familiares involucrados en la guerra Franco-Prusiana. Figuraban sus nombres y apellidos, pero no todos ellos habían sido recuperados e inclusive respecto a algunos no existía real certeza en referencia a circunstancia, tiempo, modo o lugar en los que hubieran perdido sus vidas.

Sin embargo sí existieron varios combatientes que pertenecían a ese clan, esa era una puerta recién abierta a la exploración que obviamente había que cruzar porque era la más esperanzadora, y siendo sinceros también era la única.

El joven y su padre enviaron enseguida una nota de agradecimiento al señor Rothschild. Para Cotejar milimétricamente sobre un mapa los registros históricos en contraste con los datos recibidos de la familia, Frank iba fraccionando los dos grupos por sectores, periodos y segmentos etarios de los militantes en ambas filas.

Detectó solamente dos que se encontraban dentro del rango geográfico coincidente. Uno se llamaba Marcel Dubois de 41 años, no se ajustaba al perfil. El nombre del otro era Jean Pierre Rothschild y según las actas su edad era de 23 años. Ambos habían sido reportados como desaparecidos en combate y tiempo después declarados muertos sin establecerse con absoluta precisión el sitio ni la fecha de sus decesos. Pero podría inferirse que era muy próxima a la consignada el día en que redactaron el edicto oficial. Jamás se recuperaron sus restos.

Frank se sentía algo aturdido, había empeñado sus convicciones y en esencia su vida había girado durante los últimos meses en torno a este insólito suceso, con mayores apuestas en contra que a favor.

Sus ojos se mantenían fijos sobre aquel nombre y se sentía invadido por un profundo sentimiento de fraternidad. Eran incontables los caracteres visibles en esa pantalla de computador, pero la singular empatía que le generaba un nombre opacaba a los demás. Respiró hondo, irradiando casi ternura hacia aquel desconocido. ¡Había encontrado a su soldado!

Les explicó a sus padres el descubrimiento y Lewis pareció concordar con aquella posibilidad. Ahora el paso a seguir sería entrevistarse nuevamente con el señor Rothschild.

Una vez acomodados en el suntuoso salón de la casa en Los Alpes, Frank con delicadeza y suma precaución se dispuso a exhibir todas sus cartas. Nada tenía que perder, lo peor que podría suceder sería que aquel señor desestimara por completo sus conjeturas.

Sabedores del carácter benigno de su anfitrión, no mostraron indecisión. No había motivo para sentir miedo ni vergüenza, ciertamente ellos eran unos desconocidos planteando la más inusitada teoría sobre su familia, pero nadie estaría tan desocupado que quisiera pagar tiquetes para ir a ser censurado tan lejos. No esperaban ninguna contraprestación.

Tampoco tenían interés en absoluto por entablar un contacto cercano con esos millonarios. Más aún, lo cierto para los Smith era que aparte del mucho tiempo de sus vidas que jamás recuperarían, habían invertido una gruesa suma de dinero de su propio pecunio para sufragar los gastos ocasionados por una investigación de la que hasta dónde se tenía conocimiento, no existían antecedentes en la historia.

Con voz reposada pero firme, Frank le expresó a Étienne:

—Voy a decirle algo que no es fácil de asimilar, le ruego que se tome unos instantes para tratar de vislumbrar el encuadre en su total complejidad antes de considerarnos lunáticos y de arrojarnos por su elegante puerta de cedro.

—He escuchado muchas cosas en mi vida, tiene mi atención.

—En el sondeo hecho a una obra alzada en la región de Lorena, descubrí que al parecer se encontrarían bajo esa misma tierra los restos de un soldado que probablemente sería un antepasado suyo.

—Hasta donde mi memoria me lo permite, no creo recordar que hayamos poseído ninguna propiedad en la región de Lorena.

—No entraré en detalles explícitos antes de haberle mostrado esta imagen.

—Pero… ¿Qué significa esto? ¡No me parece propicio para su reputación lanzar elucubraciones que ofenden la sensibilidad de un sucesor! Ignoro lo que pretende, pero le aseguro que no me podrá timar, si lo que está tramando es un tipo de fraude.

—No lo es. Ahora por favor acláreme por qué cataloga esto como ofensa a un sucesor.

—Ese retrato guarda extrema similitud con las facciones de alguien muy querido para mí. Si no fuera por evitar que piensen que yo estoy perdiendo el sano juicio debido a mi senectud, diría que lo que me está mostrando es una escultura de mi padre.

—No hable de senilidad. Todas las personas son de beneficio intelectual con independencia de su edad. Las mentes más iluminadas se suelen nutrir de la experiencia y muchas grandes cosas las debemos al privilegio de tener adultos mayores quienes con su visión amplia enfocan los retos desde múltiples perspectivas. Ahora existe la cuarta edad y usted no la tiene, está en la cúspide de sus capacidades.

−Favor que me hace, gentileza de su parte.

−Por otro lado, éste no podría ser su padre porque el espíritu o lo que sea que se manifieste aquí, abandonó su recubrimiento corporal hace un poco más de 150 años.

−Es que tiene una asombrosa semejanza con mi progenitor, incluso se nota el característico lunar en la parte inferior de su pómulo izquierdo.

−Creo poder explicar su parecido. En mi opinión esta persona fue Jean Pierre Rothschild, y de algún modo invoca nuestra piadosa ayuda para que lo identifiquemos. Comprendo que es bastante difícil de procesar, yo mismo sería incrédulo ante algo así. Hasta suena absurdo a mis propios oídos cuando pronuncio estas suposiciones en voz alta.

−¿Por qué razón su alma pretendería ser localizada tanto tiempo después?

−Nadie honró su sacrificio supremo. Sobre su lugar de reposo reverencian a otros héroes. Un abismal peso aprisiona su fantasmagórica búsqueda y sin duda varios lo lloraron pero ninguno rescató sus restos que yacen en una tierra lejana, sin la ofrenda de una flor, una lágrima ni un recuerdo. Para el mundo actual ni siquiera un espectro es. Él quiere regresar a casa.

−Necesito tiempo para ordenar mis pensamientos, no sé qué decir.

−Yo no esperaba que dijera nada. Ya bastante he logrado con que me escuchara sin descomponerse.

—De todos los reveses o hechos inesperados que he enfrentado y han sido muchos, ninguno se compara con este.
—Coincido con su opinión —Concluyó Frank.

A continuación el joven se quedó en silencio como concediéndole espacio suficiente a su interlocutor para reponerse del impacto recibido. Lewis por su parte, era testigo mudo de los eventos.

Lo que sucedió a continuación era más o menos lo que la familia Smith había previsto. Regresaron a su hogar en Brevard y aguardaron.

Frank era precavido y había anticipado que un proceso mental de esta envergadura arrastra a la persona a través de un desequilibrio fisiológico que le hace variar consecutivamente de opinión.

Sabía que Étienne pasaría por diferentes etapas antes de aceptar la realidad tal como es, y no como quisiera que fuese. Sería cuestión de tiempo.

Y transcurrido éste, el señor Rothschild se comunicó. La estupefacción había cedido paso al aturdimiento y ese a la incertidumbre respecto a qué hacer. Pero ante todo él era un digno sucesor de su estirpe, y si un extranjero anónimo cruzaba el Atlántico intentando paliar la angustia de un Rothschild, él no haría menos.

Esa respuesta positiva le imprimió nuevo vigor a Frank. Siendo neutral, esta familia Rothschild no le generaba ningún afecto, pero tampoco la menor animadversión. Le resultaba simplemente indiferente.

Sin embargo, Jean Pierre había confiado en él. Aquel francés había dejado su necesidad más apremiante en manos de un discapacitado, mirando lo que podía hacer en vez de lo que no podía. No hay muchos así. Frank había conocido muy pocas personas sin prejuicios entre los vivos, y ninguna entre los muertos.

Más adelante regresaron a Francia y el señor Rothschild visitó junto con Frank y Lewis el monumento. Frank hizo hincapié en todos los pormenores que caracterizaban la posible presencia sobrenatural de Jean Pierre en cortos lapsos.

Le explicó pacientemente todas sus conclusiones. Sabía que lo más factible era que jamás lograrían conocer los motivos ni los procedimientos reales de aquellas apariciones. A cambio de eso, tomándose la licencia de analizarlo desde su propio punto de vista había llegado a estas observaciones que consideraba plausibles:

Jean Pierre había fallecido el 22 de marzo de 1871 en ese lugar. La hora de su muerte se ubicaba con cierta aproximación entre las 5:49 h y las 6:11 de aquella tarde. Este último dato lo había inferido Frank comparando la duración de las percepciones recibidas por sus padres y por la nubosidad densa captada por las cámaras durante la inspección. La bruma había iniciado y se había disipado exactamente a esas horas, después de desaparecer la visibilidad había sido perfecta de nuevo y ningún cambio era divisable. Tal coincidencia de milisegundos sería inaudita.

—De todos los reveses o hechos inesperados que he enfrentado y han sido muchos, ninguno se compara con este.
—Coincido con su opinión —Concluyó Frank.

A continuación el joven se quedó en silencio como concediéndole espacio suficiente a su interlocutor para reponerse del impacto recibido. Lewis por su parte, era testigo mudo de los eventos.

Lo que sucedió a continuación era más o menos lo que la familia Smith había previsto. Regresaron a su hogar en Brevard y aguardaron.

Frank era precavido y había anticipado que un proceso mental de esta envergadura arrastra a la persona a través de un desequilibrio fisiológico que le hace variar consecutivamente de opinión.

Sabía que Étienne pasaría por diferentes etapas antes de aceptar la realidad tal como es, y no como quisiera que fuese. Sería cuestión de tiempo.

Y transcurrido éste, el señor Rothschild se comunicó. La estupefacción había cedido paso al aturdimiento y ese a la incertidumbre respecto a qué hacer. Pero ante todo él era un digno sucesor de su estirpe, y si un extranjero anónimo cruzaba el Atlántico intentando paliar la angustia de un Rothschild, él no haría menos.

Esa respuesta positiva le imprimió nuevo vigor a Frank. Siendo neutral, esta familia Rothschild no le generaba ningún afecto, pero tampoco la menor animadversión. Le resultaba simplemente indiferente.

Sin embargo, Jean Pierre había confiado en él. Aquel francés había dejado su necesidad más apremiante en manos de un discapacitado, mirando lo que podía hacer en vez de lo que no podía. No hay muchos así. Frank había conocido muy pocas personas sin prejuicios entre los vivos, y ninguna entre los muertos.

Más adelante regresaron a Francia y el señor Rothschild visitó junto con Frank y Lewis el monumento. Frank hizo hincapié en todos los pormenores que caracterizaban la posible presencia sobrenatural de Jean Pierre en cortos lapsos.

Le explicó pacientemente todas sus conclusiones. Sabía que lo más factible era que jamás lograrían conocer los motivos ni los procedimientos reales de aquellas apariciones. A cambio de eso, tomándose la licencia de analizarlo desde su propio punto de vista había llegado a estas observaciones que consideraba plausibles:

Jean Pierre había fallecido el 22 de marzo de 1871 en ese lugar. La hora de su muerte se ubicaba con cierta aproximación entre las 5:49 h y las 6:11 de aquella tarde. Este último dato lo había inferido Frank comparando la duración de las percepciones recibidas por sus padres y por la nubosidad densa captada por las cámaras durante la inspección. La bruma había iniciado y se había disipado exactamente a esas horas, después de desaparecer la visibilidad había sido perfecta de nuevo y ningún cambio era divisable. Tal coincidencia de milisegundos sería inaudita.

Deducía Frank que Jean Pierre intentaba mostrar a quien le pudiera ver, dónde habían quedado sus despojos corporales. Ahora faltaba escudriñar por cuál razón había tardado 151 años en conseguirlo.

Luego hizo una reseña general de lo acontecido desde la muerte de Jean Pierre hasta hoy, en una secuencia lineal:

Jean Pierre murió en 1871 dejando a su joven esposa embarazada con pocos meses de gestación. Sin ni siquiera poder brindarle cristiana sepultura, ella guardó un sentido luto, que fue sincero porque era una noble mujer. Su hijo nació de manera póstuma bajo el amparo de sus padres, a donde ella había regresado para sobrellevar mejor su reciente viudez. Su padre era diplomático de profesión y trabajó en la representación de la embajada en Londres. Había llevado consigo a su familia y durante su estadía, conocieron a un caballero que quedó prendado por la joven viuda. Contrajeron nupcias y ella se radicó en su nuevo domicilio. El inglés le dispensó siempre un amoroso trato a su reciente esposa. Educó de la mejor manera que sus posibilidades le permitieron al pequeño niño engendrado del difunto marido, quién modificó su nombre al idioma de su ahora padre figurando en adelante con el nombre de Peter. Conservó sí, el apellido de su padre biológico, el Rothschild de Jean Pierre.

Peter creció en el Condado de Kent en Inglaterra, se casó con una joven francesa con quién tuvo una unión feliz y producto de esa unión marital llegó su propia descendencia. El primer vástago fue un varón al que tras algunas vacilaciones llamaron Pierre, nombre que escogió la esposa. Ella siendo francesa, ya había inducido a Peter a residir en Bretaña su región de origen. La abuela del recién nacido es decir la madre de Peter, aprobó con callado júbilo el nombre dado al niño pues aunque su nuera lo había escogido por otra causa, también representaba un incógnito homenaje a su abuelo biológico Jean Pierre.

Con el estallido de la Primera Guerra Mundial y al alcanzar su edad adulta, Pierre se enlistó en el Ejército de su país. Ostentaba el grado de teniente y ya era esposo además de padre novato, cuando tuvo el infortunio de fallecer suponemos que hacia 1918.

Su viuda y su heredero Antoine permanecieron en Francia. Cuando este Antoine creció, se casó a su vez y concibió dos hijos en la relación matrimonial. El primogénito fue bautizado Antoine como el padre, y el siguiente hijo fue otro varón quien recibió el nombre de Pierre. El denominado Antoine, fue el padre de Étienne Rothschild.

Esa oración final trajo a los oyentes de estos enunciados, de regreso a la actualidad nuevamente.

Realizaron una minuciosa inspección física a la estatua con su base y material probatorio como tal no podía encontrarse, todo se circunscribía solo a la volátil fantasía de quien interpretara hechos aislados.

Lo siguiente era discernir la relación con las esquivas flores y siendo conscientes de que no podría comprobarse ni existía certeza, se resignaron a considerar la teoría creada por la inventiva de Frank:

Cada 22 de marzo Jean Pierre recobraba la capacidad de manifestarse de algún modo, cosa que ocurría aproximadamente entre las 5:49 h y las 6:11 de la tarde. La explicación más equiparable sería que durante ese lapso recibió la herida fatal que ocasionó su muerte y que luego permaneció en agonía durante los minutos faltantes hasta que abandonó toda vida terrenal.

Las flores, que tomaban forma etérea durante ese mismo lapso, serían una invocación a su lejano hogar. Ellas como una manifestación simbólica quizás, trataban de facilitar que algún observador lograra interpretar el cuadro entero. Así posiblemente podrían algún día retornar a su dueño hasta su añorado hogar paterno de aquel entonces, la mansión en Los Alpes, residencia secundaria de Étienne Rothschild.

En ese punto fue que Frank explicó lo que a su entender habría retardado el contacto visual, y por lo mismo el descubrimiento de Jean Pierre en su forma incorpórea:

Él falleció en 1871, pero su hijo Peter nacido el mismo año no vivió en aquella casa, creció y vivió en Inglaterra.

El hijo de Peter, Pierre, vio la luz por primera vez, es decir nació en 1895 en Bretaña el lugar de origen de su madre, esposa de Peter. Allí llegado a la adultez ingresó al Ejército, después se casó y tuvo un hijo en 1917 a quién le asignaron el nombre de Antoine, y por desgracia este Pierre perdió la vida heroicamente en actos del servicio al siguiente año. Hasta este punto, ninguno de los sucesores ha conocido Los Alpes.

El hijo, a quien Frank denominó Antoine primero, tuvo como residencia permanente a Bretaña. Creció y a su debido tiempo también conformó un hogar y tuvo dos hijos. Antoine primero y su familia tuvieron que soportar el espantoso estallido de la Segunda Guerra Mundial y el padecimiento que ella ocasionó a toda la población de los países inmersos en esa contienda. Antoine sobrevivió a la guerra y pudo alcanzar una avanzada edad. Sin embargo, cargó siempre con la honda pena de haber perdido a su esposa y a su hijo menor. Los supervivientes fueron él y su hijo mayor llamado Antoine, en la carpeta de Frank clasificado como Antoine segundo.

Este Antoine segundo padre de Étienne, años después cuando Étienne tuvo su propio hijo, hizo la petición de llamar Pierre al nuevo bebé, en honor de aquel hermano pequeño que él había perdido.

Antoine, fue el que volvió a ocupar en algún momento aquella residencia de Los Alpes. Ya había finalizado la guerra y había perdido mucho, pero nada material era lo que le acongojaba, su más insondable tristeza era el indescriptible sufrimiento que había tenido que padecer. También la dispersión consecuente de muchos integrantes de su familia. Siempre habían sido unidos y solidarios, se apoyaban mutuamente y se hacían presentes en las horas de dolor.

Él restauró con primor la propiedad en Los Alpes retornándola a su glamorosa fachada anterior. Tras años de reconstrucción se mudó a esa casa y de nuevo risas infantiles junto a festivas melodías resonaron entre aquellos muros.

Eso ocurrió en 1956, cuando Étienne tenía 4 años. Étienne ha probado con creces querer atesorar el valor sustancial del lugar, sacándolo de su dilatado letargo. Recompuso con desvelo los espacios del patrimonio y después de sus segundas nupcias siguió alternando su casa principal con ésta como su residencia secundaria. Por contar con dos viviendas fue que no permaneció de manera continua en Los Alpes. Su hijo Pierre vivió allí hasta los 21 años en forma esporádica, por lo regular en los periodos de receso estudiantil de verano y Navidad.

La probable causa final de que ahora sí se hubiera logrado la conexión entre Jean Pierre y algún pariente, admitía con modestia el mismo Frank sin vanagloriarse en vano, no había sido su pericia sino la red de internet. La comunicación actual está globalizada y es instantánea, pero con los métodos artesanales disponibles una centena de años atrás era menos factible. Él también reconocía que esto había sido un trabajo grupal, imposible de realizarse sin la colaboración de gente con pensamiento inclusivo.

Terminada esa evaluación hipotética, Frank se aprestó a exteriorizar otra especulación suya y los otros quisieron escucharla también:

En épocas pretéritas no existía el concepto de informática y por eso mismo ni siquiera los palacios fastuosos se diseñaban contemplando una sala de cómputo ni ningún espacio destinado para tal fin. La habitación que actualmente cumple con ese uso es una remodelación posterior de lo que décadas atrás fue un dormitorio, del que se conservó la armadura.

La trascendencia de eso es que ahí radica el motivo por el cual las flores de la ventana renacían siempre allí mismo: Esa era la habitación de Jean Pierre.

Las flores cobraban presencia visible por muy breves lapsos, pero ni Étienne ni su hijo podían adivinar que ellas eran el reflejo de las que durante esos mismos minutos estaban acompañando a Jean Pierre en su morada postrera.

Frank ya había prestado atención a dos señales: La primera era que las flores podían ser capturadas en imágenes distantes por aparatos como el lente de la cámara en la foto de 1978, o la pantalla del celular de Esteban años después. Pero en cambio no podían ser visualizadas de manera directa por los seres humanos. De la anterior norma había dos excepciones, Étienne y Pierre que sí habían visto las flores a poca distancia y con sus propios ojos.

Su otra acotación era, que se había percatado de que todos aquellos inmiscuidos en los intentos de observación de las flores habían sido de diferentes nacionalidades. Norteamericanos, latinoamericanos, una joven china, la esposa alemana de Étienne y sus hijos de igual ascendencia.

Y dedujo por ello su segunda conclusión:
Las flores sólo se dejaban ver de ojos franceses.

La misión de ellas consistía en enviar el mensaje subliminal a algún Rothschild de que uno de los suyos ya ido suplicaba regresar al seno de su familia. Sin locomoción, voz u otros mecanismos de expresividad más efectivos optaron por la manifestación visual en un sitio en donde sí eran conocidas. Notable hazaña intelectual para unas plantas, y aunque ficticia, no deberíamos considerar inferior a ningún otro ser pues ignoramos con qué tiene que lidiar cada día.

Para adornar la hipótesis con un dejo de poesía y romanticismo, Frank sugirió que quizá las flores sólo aceptaban cercanía de franceses, para intentar proteger a su humano contra potenciales amenazas foráneas. Y tenían la razón, un extranjero había cegado la vida de Jean Pierre.

Después Frank mencionó al gato negro que visitaba la casa y que Pierre había divisado antes. Aclaró que en cuanto a esto no había encontrado ningún punto de conexión ni teoría alusiva a su relación con el monumento pero que no lo desechaba puesto que involucraba también a las flores.

Tras mostrar su repertorio, Frank le dijo a Étienne:
—Esto es por completo inmaterial. No los culparía por mostrarse escépticos pero Lewis es mi padre y entiendo por qué me presta atención. El punto es que no sé si alcanzaré mis objetivos y no deseo que usted también me la preste si lo hace como si se tratara de una limosna por lástima ante mi invalidez.

El aludido no alcanzó a hablar pues Lewis replicó:
—Estoy convencido de que el señor Rothschild procede con respeto. Yo tampoco sé si alcanzarás tus objetivos y es una de las muchísimas cosas que no sé pero de la que sí estoy muy seguro es que nadie te dará una limosna por lástima, hijo, mientras yo viva.

Étienne respondió:

—Me guío por estadística aplicada y secuencias numéricas. Si actuara de acuerdo a las supersticiones o al espiritismo, ni siquiera tendría una casa cómoda para recibirlos a ustedes. Pero sí reconozco que en esto yo no estoy arriesgando nada. Ustedes han cargado el peso.

Y Frank agregó hablándole al mismo señor:

—Fíjese, Todos tienen alguna habilidad por humilde que se considere, para hacer algo aunque los otros lo crean insignificante. Sea por tener un don respecto a eso o porque se ven arrastrados a aprender sobre eso a raíz de que las otras opciones les estén vetadas.

—Asumo que lo que dice es que nunca se sabe cuán útil es la modesta aptitud de alguien pues si se suma a otras modestas aptitudes, el resultado tiene poder.

—Exactamente. Es la versión casera de la fábula de Esopo, "Los hijos del labrador".

—¿Cuál es esa? —Preguntó Lewis.

—Dos hermanos se peleaban mucho entonces su padre los envío a recoger leña al monte y cuando regresaron, él amarró juntos todos los maderos de ambos y los retó: Partan este atado por la mitad. Ningún chico pudo hacerlo. Luego el padre lo desató y les dijo: Ahora partan cada madero. Ellos rompieron uno por uno todos los leños y miraron al papá quien les explicó la moraleja: Si está cada uno por su lado, ustedes son débiles, pero si permanecen unidos por un bien común, no los partirán.

—El sabio escritor griego del siglo VI a.c. hablaba del gran valor de la solidaridad y de colaborar juntos, lo cual tiene igual vigencia hoy día— pensaron los otros dos al oír esto.

7

Jia Li y Pierre estaban sentados en la sala de televisión, viendo una película. Hacía ya algún tiempo que la joven había recibido el ingreso a la residencia de los Rothschild. Frieda le había tomado aprecio y Étienne se sentía aliviado al ver la sensatez que demostraba su hijo últimamente. Pierre se había centrado en apoyar a la ecología de una manera más productiva, realizando programas concretos en vez de sólo soñar con un mundo mejor.

Étienne apoyaba con ahínco a su hijo económica y emocionalmente y se sentía muy orgulloso de los logros de Pierre. Sin duda esta jovencita asiática era una influencia positiva sobre él.

A mitad de la película sonó el móvil de Pierre sobre una mesa y Jia Li que se encontraba cerca en ese momento, dijo:
—Ya te lo voy a pasar, tranquilo no te levantes.
—Gracias preciosa.

Tan pronto Pierre identificó el número que le había marcado, decidió no responder la llamada y apagó su celular.

Jia Li lo notó, había sostenido en su mano el teléfono durante el tiempo suficiente para percatarse de que la llamada provenía de una hermosa joven con apariencia de ser francesa. Prefirió no comentar nada y guardando la compostura, fingió no haber visto la foto del perfil. Todo siguió en placentera calma.

Por otras latitudes, las noches de insomnio y esfuerzo con tesón por la ardua labor de Frank finalmente fueron recompensadas. Étienne aceptó involucrarse en el proyecto, independientemente de si creía en él o no.

Como cualquier persona que estuviera relacionada en algún grado lo haría por un ser querido, ese filántropo deseaba traer a Jean Pierre de regreso. No tenía la menor idea de cómo podría hacerse algo semejante, pero un antepasado suyo le estaba pidiendo ayuda y entre las muchas virtudes de la familia Rothschild ocupaba un lugar privilegiado la de su lealtad irrestricta.

Durante el tercer encuentro de manera personal, Étienne le avisó a Frank:

—He decidido actuar. Todavía no sé qué ocurre, pero he intentado durante toda mi vida hacer lo correcto. No necesito entender, pero lo que sí necesito es que cuando repose sobre mi almohada, mi conciencia esté limpia porque he cumplido con mi deber.

—No esperaría menos de usted.

—Y ahora, ¿Qué podemos hacer?

—Yo no conjugaría el verbo "Poder" en plural. A mi entender ya cumplí el encargo de conectar a Jean Pierre con uno de sus parientes. La acción que tomen en adelante queda a criterio de ustedes.

—No estoy seguro de si deba comentar sobre estos acontecimientos a la familia entera. Existe el riesgo de que no me crean.

–Cierto. Y pienso que incluso habría un peligro mayor y es que sí le crean. La discreción de su familia es incuestionable pero si se rebasa ese marco podría atraer atención excesiva, éste no constituye el reporte promedio que uno mira en un noticiero.
–He contemplado varias posibilidades. Antes de exponerlas preferiría confirmar si hay algo que aún yo no sepa y además quisiera las opiniones de ambos.

Al igual que en las anteriores ocasiones, Lewis se encontraba presente durante el diálogo entre ellos. Siempre hacía sus análisis pero permanecía callado. No era su momento, era el de su hijo. Él dimensionaba el calibre del problema desde su propia óptica. Su posición era ambigua:

Entraba en juego el sentido del deber y solidaridad de un padre de familia pues aunque Étienne no hubiera conocido al pariente, su cooperación hacia su estirpe era irrebatible. Y por el otro lado, estaban la autonomía y albedrío de Frank quien con su tenacidad parecía estar logrando armar algo intrincado, para lo que no existía folleto de instrucciones.

Lewis se aventuró a hablar porque Étienne lo exhortaba y entonces le dijo:
–Al parecer Jean Pierre está solicitando regresar al lugar donde se sintió seguro y fue feliz. Eso no es demasiado pedir.
–Viéndolo desde ese punto, no me parece tan incomprensible. Durante esa época la familia ocupó esta residencia de manera permanente por varias generaciones. En el cementerio local descansan sus padres, tíos y hermanos.

Ambos giraron sus rostros hacia Frank tratando de interpretar si su gesto era de aprobación o si se le ocurría alguna idea mejor. Frank apoyó de manera contundente lo que había expresado su padre y dirigiéndose al señor Rothschild puntualizó:

−Imagino que ya ha contemplado la opción de obtener acceso a la parcela a la que aspiramos.

−Así es, ya he averiguado las condiciones jurídicas del territorio en donde se encuentra, a cuál jurisdicción pertenece y con cuáles autoridades debería entrar en contacto para accionar ahí.

−Yo había adelantado algunas búsquedas en ese mismo sentido. Conociendo su iniciativa y su capacidad de reestructurarse durante los tiempos adversos, supongo que ha considerado la opción de comprarlo.

−Precisamente eso he planeado y se me ocurre que una fórmula para justificar mi intervención sería compartir mis dividendos en patrocinio de la región.

−Se refiere a hacer alguna clase de donación en el perímetro alrededor del monumento, ¿Estoy en lo cierto?

−Sí, existe una fundación que está recaudando fondos para construir una sede. Es de carácter histórico y social, por lo tanto su finalidad no riñe con nuestro propósito.

−Hemos observado ese lugar y no encontramos ninguna instalación cercana, ¿Podría adelantarme a qué se refiere?

−Hay tres opciones. Ese terreno es propiedad del Gobierno y además colinda con una Curia de gran influencia y una loable tradición de trabajar en pro del bienestar de la comunidad. También es zona de alto valor histórico marcial pues por aquel sector avanzaron tropas de varias nacionalidades durante diferentes confrontaciones libradas contra Francia. Los obeliscos, panteones o mausoleos son comunes por esos dominios.

—Bien pensado.

—No he definido todavía si debiera contar con la asistencia espiritual de un sacerdote. Jean Pierre y sus familiares directos fueron católicos devotos y tal vez una sepultura alegórica a su fe le conceda la paz que su alma no ha encontrado.

—Queda a su completa lucidez, no tengo autoridad para influir en cómo debe despedir u honrar a alguien tan cercano a usted.

—Es una responsabilidad que no pedí y para la cual no estoy calificado. Lo único que tengo claro es, que yo haré lo que haya que hacerse.

—Sé que así será. Con seguridad ya ha estimado el costo económico de este proyecto.

—Esta casa le perteneció primero a Jean Pierre. Por mi propia gestión he adquirido la mayor parte de lo que poseo pero también heredé de sus sucesores. Mi educación académica y la formación que recibí tuvieron un costo. Lo que soy ahora inició con los esfuerzos que hicieron los que estuvieron antes de mi llegada y es lo que legaré a quienes vienen después de mí. Yo apenas soy el custodio de estos bienes.

—Se expresa como un digno sucesor de Jean Pierre.

—Me inducen dos motivos. Por un lado, sin duda una herencia puede facilitar la vida de quien la recibe, pero la calidad no es económica y se sabe que todo lo que realmente vale la pena cuesta tiempo, dinero o sacrificio y por lo general las tres cosas a la vez.

—Completamente verídico.

—Y por el otro, me ubico en el lugar del padre de ese Pierre. Acudir en auxilio de su hijo es lo que yo desearía que alguien hiciera si fuese el mío.

El señor Rothschild ya había estado cavilando y al final se inclinó por analizar junto a Frank y Lewis los pros y los contras de mantener en secreto el asunto. Convenía acordar o descartar cualquier acción antes de ejecutarla, para asumir de la mejor manera la responsabilidad, en caso de imputársele alguna. Se dirigió a Frank:

—¿Han pensado en informar primero sobre estos acontecimientos a quienes tengan mejor formación para examinarlos?

—El problema es que quizá "Informar" no sea el verbo correcto. Siendo objetivos no tenemos pruebas fehacientes. Dos imágenes, nada conciso en la filmación pasada, flores que no aparecerán durante una inspección, fechas y personajes que tampoco fundamentan evidencia irrefutable. Podrían decir que más que un descubrimiento, fue un acto de fe.

—No le falta razón. Esa sería la postura de la ciencia, y ¿En cuanto a la Iglesia?

—Los filósofos, antropólogos, sociólogos y demás entendidos que compartan el criterio científico y humanista, al igual que los fieles de cualquier credo son muy cautelosos. Cada suceso de esta índole les demanda años de exhaustivo estudio, lo cual es razonable porque su trabajo es comprender, para promover bien sus preceptos.

— ¿Ustedes son creyentes?

—Yo en verdad, no— respondió Lewis.

Frank puntualizó:
—Yo me declaro sin conocimiento acerca de los grandes misterios de la existencia y dejo la adquisición de ese discernimiento a los demás. Les resulta menos arduo averiguar cómo pueden trascender, a quienes no necesitan averiguar cómo pueden desplazarse un metro para subsistir en esta vida, antes de pasar a la otra.
—La fortaleza espiritual debe ser un bálsamo para las personas ante cualquier prueba.
—Seguro. Admiro profundamente a todos los discapacitados y sus familias, que no cuentan con suficientes recursos económicos. Puedo estar errado, pero yo creería que la mayoría de los padres con hijos en condición de discapacidad severa se preocupan menos por el destino de la especie en 400 años, que por el de sus hijos en 40, cuando tenga que partir la generación que los ha amado más.
—Puedo entenderlo Frank. Entonces ¿Se comentará o no, acerca de esto?
—Esa decisión es suya y yo lo respaldaré en lo que defina. Por mi parte analizo esto; permanezco en silla de ruedas por parálisis cerebral, imaginemos la reacción pública empezando por la negativa: Los bondadosos opinarían que la enfermedad atrofió mis neuronas. Y los canallas, que los hay, dirían que trato de sentir que hago algo ya que de otra manera no podría conseguirlo. Y créame que aun así tendrán más piedad de mí que de usted, muchos lo ven solo como un potentado aristócrata.
—Lamento escuchar eso, pero no se lo discuto.
—Y ahora la reacción positiva: Algunos dan cierto crédito y anhelan con fervor poder comprobar que sí

existe algo tras la muerte puramente anatómica. Significa que estarían el próximo 22 de marzo ante esa estatua y en su sala de cómputo, practicando un escrutinio más feroz que los que les han hecho a los bancos de su familia. Yo reitero mi apoyo total en lo que usted decida. Jean Pierre ha esperado quince décadas el retorno. ¿Está dispuesto a prolongar el suplicio de su alma varios meses más para probar algo, sin ninguna garantía de que sí pueda hacerse?

Fue una disyuntiva fácil de esclarecer para Étienne Rothschild, no se alcanza el éxito y ni siquiera se cumplen los 70 años sin haber aprendido a arriesgarse en las decisiones difíciles. Él recibió esa lección desde sus comienzos, sabia ahorrar el beneficio cuando ganaba y pagar el precio cuando perdía.

***

Jia Li asistía a sus clases, dado que ya había logrado ingresar a una universidad muy solicitada por su excelente pénsum relativo al agro. Mientras estaba en descanso vio que Pierre le llamaba, respondió con alegría inmediatamente:
—Hola, justo en este momento estaba pensando en ti. ¿Cómo ha estado tu jornada?
—Necesito hablar contigo
—Percibo tensión en tu voz, tal vez algo te perturba. ¿Se encuentra todo bien?

—Sí, pero yo había creído que se encontraría mejor.
—¿A qué te refieres? ¿Por qué dices eso?
—Alguien ha estado intentando hablar conmigo.
—Continúa por favor
—Es una periodista. ¿Recuerdas cuando estábamos mirando la película? fue ella quien llamó. Ha sido muy insistente en contactarme, es acoso literalmente. He tratado de evadirla pero sin titubeos se presentó en mi consultorio hace una hora.
—Y ¿Qué quería?
—Pretendía obtener información.
—¿Sobre qué?
—Dijo que estaba preparando un reportaje sobre unas misteriosas flores que yo había visto en la residencia de mi familia.
—¿De verdad?
—Pero lo más indignante para mí fue que me preguntó acerca del gato también.
—Y ella ¿Cómo estaba enterada de eso?
—Dímelo tú.
—¿Qué quieres decir? Yo no la conozco y por muy persuasiva que fuera, tampoco le hubiera proferido ninguna declaración.
—Pero es que nadie más lo sabía, te dije que ni siquiera a papá se lo había comentado.
—Te aseguro que yo no he mencionado nada.
—Sí lo has hecho, a Frank tu jefe.
—¿Estás insinuando que él habría contactado a la prensa utilizando tu vida privada como señuelo?
—Tampoco lo creo, pero debes admitir que esto es desconcertante y ha sido molesto para mí.
—Lo siento mucho, yo jamás haría algo que pudiera herirte ni incomodarte en modo alguno.

—Yo confié en ti Jia Li, abrí mi corazón y compartí contigo mis recuerdos.

—Y te lo agradezco. Intentaré averiguar qué ha sucedido, pero por favor créeme yo no usaría ninguna información sin que me lo hayas autorizado y de lo que conozco de Frank, él tampoco lo haría. Me siento abatida de verdad.

—Más compungido estoy yo. Vi en ti a una persona transparente, no tengo habilidad para detectar artimañas ni manipulaciones.

—Jamás te he mentido ni te he ocultado nada. Pero ¿Qué crees que buscaba esa periodista?

—No estoy seguro. Hemos sido instigados por los medios de comunicación otras veces. Papá es un hombre acaudalado y nuestro apellido les resulta atractivo para tejer a su alrededor falacias y calumnias. Piensan que tal vez podría haber dinero de por medio.

—Ustedes son una familia tradicional solo que con mayores fondos financieros. He visto a tus padres y hermanos fuera de la esfera social, en la intimidad de su hogar y dentro de esas paredes llevan una vida convencional y corriente.

—Lo has visto tú pero no algunos periodistas que buscan llamar la atención con sus cubrimientos sobre variedades. El sensacionalismo vende, eso dicen, incluso pasando por encima del buen nombre de otras personas.

—Es el precio que se paga por tener la posición que ustedes ostentan.

—No se la arrebatamos a nadie. Mis padres ganaron con esfuerzo cada euro. Consiguieron el patrimonio en su campo como los demás lo han hecho en los

suyos. La gente desconoce lo que tuvieron que atravesar para llegar ahí. Ven el dinero que tiene mi padre, pero intencionalmente eligen ignorar el sacrificio que él hizo para llegar a reunirlo.
−No imagino cómo sea eso, jamás tuvimos ese problema. ¿Y cómo evadiste el interrogatorio?
−Era evidente que ella misma no tenía claro qué debía preguntar. Supongo que me dejaría hablar primero a mí y vería qué lograba deducir para ensamblar su primicia.
−Sí, es una estrategia que suelen utilizar. ¿Te veré el próximo fin de semana?
−Estoy ocupado.
−¿Estás enojado conmigo?
−No, estás diciendo que no comentaste nada y yo tengo el hábito de creer en lo que tú me dices.
− Lo resolveremos, todo va a salir bien.

Ella le preguntó a Frank quien le respondió que obviamente sólo había hablado respecto al gato, con sus padres y Étienne. Y él estaba convencido de que Étienne se opondría con suma fiereza a abordar conversaciones sobre temáticas referentes a sus hijos, con la prensa.

Frank le expresó su respaldo a Jia Li pues entendió lo apesadumbrada que se estaba sintiendo, y se comprometió a informarle si llegaba a encontrar la causa de esto. También ofreció hablar con Pierre y ella le agradeció, pero respondió que no era necesaria su intromisión.

Ella misma resolvería el dilema de Pierre, quien debía creer en su palabra porque la confianza mutua era la base para una relación sólida, además tenía la esperanza de que todo se aclararía.

Por su parte Frank estuvo analizando eso. No se obtendría ningún rédito económico con esa historia y sería en extremo improbable que alguien sí la considerara real.

En cuanto a la residencia de los Rothschild, Frank vio allí dos perros, un caballo blanco y muchos otros animales. Étienne le explicó que todos habían sido rescatados por Pierre en diversas circunstancias. Algunos extraviados, enfermos, ancianos o tenidos en condiciones inadecuadas, ese lugar se había convertido en un santuario de aceptación y nueva oportunidad sin discriminación de ningún tipo. Se entiende que Frank no recorrió toda la extensa propiedad, sin embargo alcanzó a observar aves, ardillas y pequeños reptiles merodeando por ahí. En el lago vio a varios patos, a otro perro retozando dentro del agua, y a algo que él supuso sería una garza. En fin, se encontraban ejemplares de muchas especies. Pero no había un gato. De ningún color.

Suspendidas las indagaciones en Francia por el momento, Frank y sus padres de nuevo se encontraban en su propio hogar. No se tenía certeza de cuánto tardaría el trámite administrativo para la adquisición del emplazamiento en Francia y por tanto regresaron para atender otros asuntos en su casa.

Cierta tarde Andrew Álvarez ingresó a la biblioteca de la familia Smith. Allí se encontraba Elliot quien al verlo deslizó con celeridad bajo una pila de papeles, un objeto que sostenía en su mano derecha.

Andrew percibió el movimiento, pero simuló no haberlo hecho. La profesión de Andrew es velar por la seguridad de las empresas. No únicamente desde el punto de la vigilancia ininterrumpida sino también desde el acecho con ojo entrenado para detectar lo que pueda salir mal. En unas instalaciones que estén bien monitoreadas todo el recurso humano o material debe pasar bajo la lupa de un supervisor. Su responsabilidad implica anticipar los puntos débiles de una entidad tales como la fuga de información, el descuido de los operarios, la deficiencia de medidas de seguridad durante sus labores, la desidia en las anomalías respecto al personal, es decir un sinnúmero de factores que podrían ocasionarle perjuicio.

Por ese motivo Andrew seguía la estrategia de no actuar impulsivamente. Mejor recaudaba información y pruebas inculpatorias para poder finiquitar una sanción dentro del marco de la legislación laboral, blindando así a sus contratantes contra cualquier potencial demanda o indemnización.

Ya es conocido por su templanza y autocontrol. Ante una situación anómala o peligrosa jamás reacciona con violencia, ni pierde el dominio de sus palabras o de sus acciones ante una provocación. Él observa, procesa, concluye y actúa. Antepone la seguridad de sus empleadores a la del posible agresor o a la suya propia.

Consecuente con su forma de solucionar los retos, localizó a Lewis y le advirtió:
—Me pareció haber visto algo fuera de lo habitual.
—¿De qué se trata con exactitud?

—Elliot se puso muy nervioso cuando entré y apresuradamente ocultó algo.
—Extraño, ¿Y dónde está él?
—Tan pronto escondió el objeto, le pedí alistar el vehículo para un desplazamiento con Frank.
—¿Van a salir?
—No en realidad. Lo hice para alejar a Elliot sin darle tiempo de recuperar lo que tanto le preocupa.
—¿Y averiguaste qué es?
—Lo inspeccioné por adelantado para prevenir cualquier contingencia antes de que tú mismo lo vieras. Es un teléfono.
—¿Y eso es tan amenazante?
—No es un celular corriente. Apenas acaba de salir al mercado y su precio no está al alcance de Elliot, aparte de eso tiene funciones que de ordinario no se requieren en este cargo.
—Y tú ¿Qué piensas?
—Que es sospechoso ocultarnos esa adquisición. No le sería fácil explicarnos cómo lo pagó, para qué lo utiliza y sobre todo, por qué lo esconde de nosotros.
—Opino que deberíamos identificar el modelo y volver a dejarlo en su lugar antes de que él lo note.
—Estoy de acuerdo, pensé lo mismo. Él no debe darse cuenta de que lo encontramos. Ya te envío la referencia, el número de serie y todos los datos que necesitas para averiguar. Yo coloqué el dispositivo en la misma posición en que él lo dejó. Y ahora mismo salgo porque allí lo veo en el estacionamiento terminando de limpiar la camioneta.
—Gracias Andrew, me encargaré de verificarlo y te avisaré cuando lo corrobore, para evaluar con precisión qué es lo que está sucediendo.

En la tienda de tecnología le confirmaron a Lewis que se trataba de un aparato de última generación, con un costo extremadamente elevado y de distribución limitada hasta el momento. Era un dispositivo que se vendía bien en ese almacén, pero de uso bastante restringido. Sus mayores clientes compradores eran entes de seguridad gubernamental, empresarial o de actividades afines.

Las unidades para venta eran escasas, por lo general no estaban disponibles para entrega inmediata y se traían bajo pedido anticipado. Sus cámaras, lentes, micrófono, procesador y capacidad de memoria además de aplicaciones incluidas varias con inteligencia artificial y sistema operativo, eran muy valorados para fines de detección.

Ahí solían explicarles a sus clientes las funciones básicas y tener a su disposición unidades de prueba para enseñar a los nuevos usuarios el manejo de los equipos que suministraban.

De este no había muestra en vitrina pues en ese local nadie lo había solicitado, pero se imprimió toda la guía instructiva con un manual explicativo de fácil comprensión para que Lewis conociera al menos lo esencial del funcionamiento de ese equipo, porque la compilación total de su manufactura y configuración precisaba de mayor habilidad.

Revisando en la base de datos de la cadena de bodegas, le informaron además que el teléfono no había sido comprado en ninguna de las sucursales de esa firma. Debido a su sistema actualizado y grandes prestaciones, los múltiples encargos todavía no se habían alcanzado a cubrir. Se suponía que quien lo solicitara afrontaría una lista de espera de diez días como mínimo, puesto que algunos ya estaban en distribución nacional pero los de pedido reciente tendrían que ser importados.

Desde luego, Lewis autorizó a Andrew para adelantar todas las investigaciones que considerara indispensables pues lo concerniente a la seguridad de su familia debía tomarse en serio. Elliot era un colaborador con libre acceso a la mayoría de los espacios en su hogar, además de quedar en algunas ocasiones al cuidado de Frank, permaneciendo sólo junto a él por breves periodos. En este tipo de cosas no se puede esperar a hacerlo mejor, la próxima vez.

A la mañana siguiente Andrew le informó a Lewis:
−El teléfono es nuevo y no está registrado a nombre de Elliot.
−¿Cómo crees que lo haya obtenido?
−No tengo idea.
−Entonces ¿Qué explicación tendría esto?
−Estoy en camino de averiguarlo, por el momento puedo informarte que la secuencia numérica de este equipo corresponde a su distribución en la Francia metropolitana.
−¿Francia?
−Me reportó mi compañero francés, el que ya nos ha colaborado antes, que la matrícula de registro y la factura de venta están firmadas por una mujer, quien lo solicitó amparada en su doble condición de periodista y perseguida política. Eso escribió ella en el formato y no adjuntó confirmación de si contaba con un salvoconducto de tenencia.

–Uhm… ahora creo entender. No es necesario que indagues más, te agradezco tu intención pero en adelante me haré cargo personalmente.
–¿Estás seguro?
–Por completo, pronto le pondremos fin a esto.
–Está bien. ¿Qué planeas hacer respecto a Elliot?
–Debe retirarse de aquí, pero no le dejaré saber que descubrimos su ardid.
–Como quieras Lewis. Voy a saludar a Frank.
–Sí, ve y gracias de nuevo.

Dos cosas enfadaron a Lewis respecto a esta traición: La primera era la total falta de lealtad hacia él como su empleador, al haber intentado vender documentación confidencial que no le incumbía. Su codicia había sido ruin y despreciable, pues durante esos años ellos le habían tratado de forma digna e igualitaria, considerándolo un amigo no un servidor.

Lewis estaba pagando la educación de Elliot en una costosa universidad de elevada reputación. También en varias ocasiones había asumido todos los gastos médicos generados en la atención de la madre de Elliot, remitiéndola siempre a establecimientos privados de primer nivel.

Sin embargo, la segunda circunstancia fue la que más exacerbó el enojo de Lewis. Fue su vileza al haber abusado de la ingenuidad de Frank y de su imposibilidad de movilizarse con rapidez, para robar miserablemente lo que su hijo recopilaba. Consideró la actitud de Elliot como una manera infame de sacar provecho de alguien que se sentía protegido bajo su tutela y que confiaba ciegamente en él.

Lewis citó a Elliot en su oficina personal. Andrew solicitó estar presente también y Lewis lo autorizó, pero le indicó permanecer en silencio.

La conversación se dio en estos términos, hablando primero Lewis:

—Escucha, sé que este trabajo no es del agrado de todos, comprendo que quieras ascender en la vida pero no apruebo los métodos que utilizas.

—De qué habla señor Lewis.

—No es necesario entrar en detalles, quedas en total libertad. No tienes que cumplir con el preaviso, yo asumo los costos de todo, mi contador te entregará la copia de la liquidación de tu contrato y todos los recibos en regla, además de tus haberes a fecha de hoy. Gracias por tus servicios y te deseamos lo mejor en tu porvenir.

—Pero... ¿Por qué? le aseguro que no tomé el reloj.

—¿Cuál reloj?

—El extraviado, junto con su tarjeta débito, el del escudo repujado.

—¿Te refieres al perdido de mi casillero en el club el año pasado? Veías ese reloj cuando yo lo llevaba puesto, ¿Cómo sabes del escudo en el reverso?

—Ah pues yo... quizás debí habérselo guardado cuando usted jugaba tenis.

—Elliot no hagas esto más difícil. Al terminar nuestra relación laboral tú perdías más que yo, eso lo sabías, y desde antes.

—¿Y no puede recapacitar sobre su decisión?

—Te lo resumiré así: Aquí tenemos una situación que yo no puedo probar y tú no puedes justificar. Ahondar al respecto no te conviene, entiendes lo que digo. Por el simple hecho de que no tengo cómo probarlo es que te estoy pidiendo que salgas por la puerta de adelante, en vez de lanzarte yo mismo por la de atrás como me gustaría hacerlo.

Elliot lo pensó unos instantes y luego reprochó en tono despectivo:
—Pues claro que me voy, ¡Nadie quiere gastar su juventud empujando una estúpida silla de ruedas!

El instinto de Lewis le impulsaba a levantarse casi colérico, pero pausando su furia, le recomendó:
—Es mejor que te contengas, porque si tienes el cinismo de pronunciar el nombre de mi hijo, se me va a olvidar que soy una persona mayor y un hombre decente, y te voy a enviar a donde te mereces.

Andrew interrumpió:
—Tranquilo Lewis, que yo no soy ninguna de esas dos cosas, ¡Y con gusto yo mismo lo mando allá!

Elliot casi fulminó con la mirada a Andrew y de manera desafiante le replicó:

—Tú ni siquiera eres familia, andas hasta más necesitado que yo y solo tratas de escalar aquí.
—Hazte un favor a ti mismo, cierra la boca y vete sin líos, ahí tienes la salida y nada te la obstruye.

De mal talante y lanzando improperios atravesó Elliot la puerta hacia el exterior, por última vez.

Frank y Azucena quedaron perplejos. Ella había advertido respecto a no permitir el ingreso de Elliot a la casa en ausencia de ellos, pero eso no impidió su acción ilícita. Nadie esperaba tal ingratitud de parte de él. Sin embargo, al cabo de un tiempo el impase fue superado y después han contado con un buen suplente. Mayores obstáculos han sobrepasado.

Lewis voluntariamente escogió perder lo que ya había perdido, antes que acudir a las autoridades y exponerse al riesgo de interferir con el proyecto de Frank. Quien sea padre lo comprende.

Frank puso al tanto a Jia Li de lo acontecido y ella a su vez pudo esclarecer la irritante contrariedad con Pierre. Aparte de eso Frank confirmó que Elliot solo había visto lo referente al gato y las flores. Le era imposible conocer algún otro apunte puesto que Frank guardaba los indicios en lugares diferentes. Ese había estado dentro de un folder en su mesita de noche, temporalmente. Otros se encontraban en una gaveta en el estudio, y el resto depositados en un cajón que se abre con una combinación de clave que únicamente sus padres y él conocen.

Se clarificaron todos los malentendidos y aunque no se requirió entrar en explicaciones, los demás consideraron adecuada la resolución de la adversidad y este percance quedó en el más completo olvido.

8

Mientras tanto en Francia fueron establecidas todas las directrices, y después de no pocas tribulaciones y varios disgustos, se consiguió adquirir la propiedad que ambicionaban.

El principal obstáculo lo interpuso el intrincado entramado administrativo, personificado en un funcionario adverso. Pero el pronóstico de esas coyunturas y trabas ya habían suscitado diversas salidas jurídicas en la mente de Étienne.

Él acostumbra a prepararse con antelación para el peor escenario posible en cada transacción que realiza, tiene que hacerlo, eso ha generado su sustento durante cinco décadas.

Aquel espacio fue autorizado para la compra bajo el compromiso de preservar y responder por el buen estado de lo allí contenido.

Como por supuesto ya lo habían anticipado, se enfrentó la resistencia de algunos representantes de la burocracia local que se opusieron al proyecto, aduciendo que el terreno no estaba registrado para un uso distinto al asignado en los títulos vigentes que acreditaban su posesión.

Esa no fue una barrera insalvable dado que al final no se dio ningún uso distinto a ese lugar. En un movimiento magistral y no exento de generosidad,

Étienne se limitó a solventar el ensanchamiento y resguardo de la estructura sin alterar su funcionalidad.

Se conformaron dos comités previstos para distintos fines. Lewis se encargaría de la parte histórica, consiguiendo toda la literatura actualizada referente al tema para permitir honrar de forma adecuada a los soldados de la Segunda Guerra Mundial, acreedores indiscutibles del monumento y a quienes se debía resarcir por la perturbación que planeaban infringirle a éste.

Étienne por su lado dirigió el componente de logística y de supervisión para que el dinero fuera utilizado con eficiencia. El objetivo era enriquecer el lugar y acrecentar su prestigio, al aumentar la superficie y modernizar su dotación. Frank escogió colaborar en esta comisión.

Durante ese tiempo Jía Li ya se había hecho merecedora de su propio sitial en el corazón de la familia Rothschild. Frieda la catalogaba como una mujer centrada y predecible, le consultaba todo respecto a las plantas y ampliaba su autoestima al permitir que adecuara ella sola su vivero doméstico.

Herman había heredado al parecer la misma magnanimidad de su padre. Sin hacer ostentación, realizaba algunas obras benéficas en favor de un centro cultural para jóvenes con dificultades de adaptación, de abuso o provenientes de familias disfuncionales. Jia Li le apoyaba efectuando algunas diligencias cuando Herman o la novia de él no disponían de tiempo suficiente y merced a la petición expresa de ambos, garantizaba el anonimato de ellos.

En cuanto a Érika, Jia Li era su confidente secreta y su paño de lágrimas, pues en forma textual lloró junto a ella, reconfortándola como pudo durante la primera decepción amorosa de la adolescente.

Por su parte Étienne valoraba el dinamismo y la determinación que ella parecía infundir en Pierre. Siempre había respaldado a su hijo, pero ante cualquier controversia o desacuerdo con él, Jia Li se mostraba receptiva y fungía como medio conciliador. La única querella entre ambos consistía en que aunque era el hijo mayor, Pierre nunca había manifestado interés en las actividades laborales de su padre. El Mundo de los números no le era afín. Jia Li lograba que ambos mostraran empatía hacia la visión del otro. Esa función había recaído antes en Frieda, pero Jia Li pertenece a un segmento etario más cercano por lo tanto Pierre se sentía más identificado con el punto de vista de ella.

Jia Li logró atraerse con perseverancia el cariño de todos dentro de los linderos de esa propiedad, independientemente del número de patas sobre las que caminaran o de si su exterior estuviera cubierto de pelo, plumas o escamas. Los animales se le acercaban confiados y ella cada día distribuía cuencos con diversos alimentos por el terreno.

Entre tanto, habiendo recibido el beneplácito de la comisión histórica avalada, Lewis ubicó a pobladores de la región que contaran con la edad suficiente y el tiempo de residencia estable allí que les permitiesen rememorar sucesos acaecidos en la última guerra, y que pudieran hacerlo sin sentir angustia o aflicción.

Los Smith admiran mucho a Francia, aman su civilidad y su riqueza pluricultural. La gente es afable y sus paisajes semejan idílicas postales. Azucena se deleita con sus colores. En sus palabras, Francia es rojiza durante el otoño, verde en sus viñedos, marrón claro en sus trigales, amarilla en los sembradíos de girasol y violeta en sus cultivos de lavanda. Dice que allí toca tierra el arco iris, difuminando su final en una sinfonía cromática de tonos esparcidos.

Roville-aux-Chênes es una villa encantadora en las proximidades del monumento. Sus habitantes son gente amable y cordial. La camaradería y el sentido de pertenencia de los ciudadanos de ese lugar constituyen el ideal para quienes sean aficionados a la vida rodeada de belleza natural y que gusten de la plácida cotidianeidad de los pueblos pequeños.

Allí los vecinos se conocen y se colaboran entre todos. Como en la inmensa mayoría de los poblados en Francia, sus calles lucen organizadas y limpias porque sus ciudadanos exhiben un excelso valor moral y un civismo que da ejemplo al mundo entero. En este lugar tiene su sede principal una escuela especializada en las ciencias relacionadas con las labores de horticultura. Ese instituto es de prestigio internacional, sus alumnos son conscientes del alto merecimiento de la población que acoge las aulas de sus cátedras y por eso mismo adelantan diversos eventos en favor del embellecimiento del entorno.

La calidez de sus habitantes, el aire esclarecido, sus vías de acceso y el infalible respeto hacia lo personal y lo material, son aclamadas virtudes de la magia presente en Roville-aux-Chênes, que se traduce como "Villa de los Robles" por sus regios árboles de esa especie. Sus pobladores son discretos pero están presurosos a acudir con solidaridad ante eventuales emergencias. Todos muestran modales de tolerancia hacia los demás lo que facilita la grata convivencia. Son individuos que pugnan por vivir y comportarse de acuerdo con altos estándares de exigencia, son personas maravillosas, ellos son franceses.

Ahí reside un caballero de avanzada edad que es un compendio de sabiduría sobre ese sector. Él de manera dadivosa dedicó su tiempo a ilustrar a Lewis acerca de las familias locales que habían perdido miembros en el transcurso de la guerra evaluada.

Ha sido una autoridad respetada por sus eminentes principios y valores, y aunque era apenas un niño pequeño sumido en esa devastadora catástrofe, resultó ser el experto avezado para asesorar, por su memoria prodigiosa y el colosal conocimiento que tiene sobre la zona. Complementario a lo anterior, al crecer él cumplió con su deber castrense en nombre de su país durante la campaña en un país extranjero y eso sumado a su afición a la lectura y su extensa cultura general, le indujo a estudiar a profundidad el devenir militar y civil francés del siglo XX.

Él aplicó su método riguroso de clasificación y esgrimió una gran cantidad de material inédito junto a cortos documentales y ediciones de distribución no masiva sobre ese episodio. En adición, proporcionó nuevos datos puntuales sobre cuatro de esos héroes que no habían sido originarios de aquella región.

Este erudito fue fundamental para establecer las divisiones a las cuales estaban adscritos aquellos combatientes. Con su consultoría se logró el casi milagro de revivir las proezas desconocidas de estos gallardos hombres, otorgándole nuevo brillo y mayor celebridad a sus hazañas refundidas en algunas páginas ya olvidadas de la historia.

Por su parte Étienne y Frank emplearon todas sus capacidades y buena disposición para enaltecer al mayor grado el sitio de descanso que se honraba allí.

Se amplificó el perímetro a su alrededor, que fue sembrado con frondosos prados y favorecido con vías de acceso adecuadas. Se engalanó de tal modo que se convirtió en una visita de referencia, pero ya conocida no solo por uniformados sino por el ciudadano común que asistía a conocer acerca del heroísmo alabado ahí.

Ahora se podía acudir allá con la comodidad de encontrar los servicios básicos para los visitantes cerca del monumento. Dispone de un baño de limpieza automática y un puesto de primeros auxilios para emergencias. Cuenta además con una pequeña zona cubierta adaptada con máquinas dispensadoras de refrescos y pasabocas incluyendo los naturistas de ingestión saludable. Hay un equipo de comunicación para uso público, con acceso al número de atención de entes de socorro y prevención de desastres, para la seguridad de los turistas y de la edificación.

Y obviamente, reluce en selecto mármol un Memorial explicativo de las grandes gestas y heroicos sacrificios de esos 19 héroes.

Sus nombres enaltecidos, sus esculturas cuidadas, sus pulcros jardines en donde ya germinan y crecen flores de portentosa belleza, incluso en la base del soldado del Ejército.

Era lo mínimo con que se podía retribuir a aquellos incomparables militares que lo dieron todo, para honra de sus familias y gloria de su nación.

Semanas atrás, recién iniciadas las obras de remoción, ampliación y adecuamiento el señor Rothschild en compañía de Frank y Lewis inspeccionaron el lugar. Excavaron en el sitio de su interés, cuando se habían retirado las figuras de las estatuas con el objeto de realizarles mantenimiento y de fortificar sus bases.

No se entra aquí en detalles técnicos para explicar por cuál método o a qué profundidad se cavó, solo importa que un Étienne solemne, escoltado por un respetuoso Frank, más su padre, extrajeron lo que pudo reconocerse como restos humanos de bastante antigüedad.

Sin perjuicio del cronograma, las obras se completaron. Se realizó una sobria ceremonia a la cual asistieron el señor Rothschild y algunos descendientes de los guerreros ennoblecidos allí. El protocolo fue determinado por la Academia de Historia y estuvo bien presidido por la autoridad competente, se efectuó con la reverencia y pompa que revisten los eventos de tal magnificencia. Acto cumplido, se efectuó la entrega oficial del complejo a la Alcaldía Municipal y al funcionario designado por la jurisdicción correspondiente.

Mediante prueba de ADN practicada en privado al paciente y a la muestra recolectada del monumento, el análisis genómico comprobó con total certeza y sin margen de error que el señor Rothschild y los restos en efecto sí compartían la misma secuencia genética, confirmando así su parentesco irrefutable.

Étienne regresó a la casa de los Alpes, protegiendo con fervor su valiosa carga. Formalizado el luto figurado, Frank le sugirió cavar también en la jardinera de la ventana en la sala de cómputo. En realidad Frank no tenía claro qué deberían revisar dentro de ella, pero de esa tierra emergían las flores cada 22 de marzo.

Así lo hicieron. No hallaron muestras de materia orgánica que permitiese la germinación de vegetales. Encontraron sí enterrada en su profundidad, una cajita que contenía un pequeño collar de cuero del que pendía una lámina de metal forjado en forma de la cabeza de un felino, que claramente señalaba tratarse de una placa de identificación. Grabado sobre ella se leía el nombre Noir, que en español traduce Negro.

Según algunos diarios personales recaudados posteriormente, se supo que Noir había sido la mascota de Jean Pierre. Tomaba el sol tumbado en la jardinera del dormitorio de su humano favorito, y dormía sobre una manta de lana extendida en su cama. Cuando Jean Pierre murió, sus progenitores prodigaron cuidado parental al minino con aún mayor cariño pues el gato se había convertido en un poderoso aliento de consuelo ante la pérdida del hijo. Continuó durmiendo sobre esa cama y reposando sobre la misma jardinera, como prueba del amor imperecedero hacia su joven cuidador. Jamás permitió que lo apartaran de ese puesto de centinela para su devota espera. Tuvo una vida larga y tranquila al lado de la familia restante, pues la consideraba como una aceptable extensión del ausente. Se apegó con predilección a un hermano de Jean Pierre, quien también lo adoraba y le permitía seguir quedándose en el cuarto de su antiguo tutor. Noir vivió siempre feliz y cuando partió en su ancianidad por causas naturales, cumpliendo con su última felina voluntad, el padre de Jean Pierre depositó su collar dentro de la caja en el sitio sobre el que tanto había aguardado, a manera de casi una metáfora, de que seguía allí como vigía en su espera.

Con la lealtad legendaria de los animales de compañía Noir había permanecido siempre cerca a la jardinera, y en su instinto tenía algo de razón. Nadie podría haber notado que ese gato estaba mostrando mayor fidelidad que los de la llamada especie superior. Debido a la percepción supra sensorial ya comprobada en algunos animales, no habilitada en los humanos, la mascota sí intuía que el alma de su compañero todavía deambulaba por este mundo, aunque fuera por parajes demasiado alejados a donde sus patitas no lo alcanzaban a llevar. Desprovisto de toda mezquindad, él sí sabía que el verdadero amor no decrece ante la ausencia física, pues su valía remonta a un plano más elevado en donde lo intangible supera a lo material.

Él había esperado que un día su primer protector regresara de algún modo y sí se le concedió ese deseo, pues con entrañable delicadeza, Étienne colocó los restos de Jean Pierre junto al collar con la identificación de su amado Noir en un mismo cofre de precioso acabado. Además ya había hecho decorar esta joya de reposo eterno con un sutil repujado de flores Soldanella e incluyó algunos pétalos.

De esa manera selló la unión postrera de estos seres, para que así como se amaron con ilimitada fidelidad durante su paso por esta finita existencia, se acompañaran mutuamente en el sueño perpetuo.

Después, en la mística quietud del cementerio que resguarda la bóveda perteneciente a los Rothschild, Étienne depositó el cofre entre las sepulturas de los padres de Jean Pierre y arropó la unión con un vaporoso manto bordado. Hizo enclaustrar el rincón con fino mármol rodeando el sepulcro paterno, para que lo que les fue arrebatado prematuramente en vida, regresara a cobijarse en el regazo de quienes le amaron sin cuantificar medida ni conocer final.

Habiendo recibido cómo única explicación, que el señor Rothschild deseaba velar por el bienestar de sus antepasados más allá de los confines de este mundo, un virtuoso sacerdote del lugar bendijo en sacro silencio, el eterno descanso de las numerosas almas que allí encomendaron sus mortales despojos.

Étienne ya no veía esto como un despropósito. Azucena siempre ha sido reservada y Frank junto con Lewis también priorizaron la discreción. Ellos cuatro fueron las únicas personas que supieron sobre todos estos acontecimientos, desde la primera foto que captó la atención, hasta esta eucaristía reparadora.

El revitalizado señor Rothschild sintió el regocijo y la indescriptible paz espiritual, que otorga la tranquilidad de saber que se hizo lo correcto.

Frank ya le había insinuado lo que parecía una propensión funesta y reincidente: Las generaciones de sus ancestros intercalaron el nombre Pierre con otro diferente y comenzando por la muerte del primero, los bautizados Pierre habían fallecido jóvenes durante guerras internacionales y el hecho de ser un civil no había impedido la tragedia. Se creyera o no en tal presunción, no sobraba en absoluto haber realizado las acciones pertinentes para romper esa supuesta maldición. Y también le recalcó un posible simbolismo de extrema amargura: Que por la juventud de Jean Pierre cuando su existencia expiró a los 23 años sin haber podido conocer a su hijo y por la fecha de su partida, el 22 de marzo, se emitía subliminalmente una manifestación de pasmoso dolor por haber muerto justo al despuntar la primavera, la de la estación y la de su vida.

***

Pierre y Jia Li citaron a Étienne en su biblioteca y con júbilo le anunciaron su compromiso matrimonial, solicitaban su opinión antes de informárselo a los demás y fijar fecha. Él complacido dio su aprobación.

No era una decisión precipitada sino la confluencia de dos largos recorridos hechos por distintos senderos que corrían paralelos y ahora se entrecruzaban.

Esa misma tarde en el salón principal de la mansión Rothschild se reunió la familia entera. Étienne se dirigió a sus descendientes con estas frases:

—Hijos míos, su madre aquí presente y yo, hemos decidido retirarnos de la dirección de nuestra empresa y transferirle a cada uno de ustedes de manera inmediata lo que les corresponde de la herencia que les dejamos.

El primer sorprendido fue Pierre quien tomando la vocería también por sus hermanos menores, le preguntó:

—¿Qué sucede papá? ¿Te encuentras bien? ¿Te estamos defraudando en algún modo? puedes decírnoslo, o es que ¿Estás enfermo?

—Al contrario, nunca he gozado de mejor salud que ahora. Solo pretendo apreciar más el valor del tiempo de todos nosotros juntos como familia.

Herman intervino a su vez:

—La gerencia de la empresa es tu derrotero de vida papá, no imaginamos cómo sería tu rutina sin un objetivo por el cual levantarte cada día.

—¡Mis cuatro mejores objetivos están en este salón! Son ustedes, hoy estoy haciendo la mejor inversión de mi vida. Y ahora con gusto le cedo la palabra a Pierre quien tiene algo que decir.

Pierre anunció:

—Bueno, al parecer se han juntado dos novedades, les compartimos nuestra dicha, Jia Li y yo vamos a casarnos.

Todos les abrazaron y entre gozo y sonrisas les expresaron sus congratulaciones por la acertada decisión, que subrepticiamente los demás ya habían augurado con anterioridad.

Frieda demostraba una sincera satisfacción por el rumbo que había tomado la relación de estos jóvenes. Jia Li vendría a constituir algo así como un refuerzo en el frente femenino para dirigir de manera más emocional a esta familia conformada en su mayoría por hombres y dos de ellos con mentalidad bastante rígida por desenvolverse en el mundo de las matemáticas.

Étienne de nuevo tomó la palabra y continuó diciéndoles:
−Por esta feliz noticia, y también porque he comprendido que no vale la pena ignorar al reloj para trabajar de manera compulsiva, es que hoy les aviso cómo se van a dividir nuestros bienes. Si alguno está en desacuerdo puede manifestarlo. De todos modos, las acciones de la empresa quedan divididas en tres partes iguales una para cada uno de ustedes. No creo que haya necesidad de reiterarles que en adelante deben proceder como propietarios, lo que significa que junto con el disfrute de sus inmuebles, se harán responsables de todos los costos asociados al apropiado mantenimiento de estos.

Prosiguió hablando Étienne:
−Herman, pronto te graduarás en Administración y Finanzas, estás capacitado y muestras destreza. Es mi decisión que tú me sucedas en la gerencia general de nuestra firma. Obviamente deberás consultarme las decisiones importantes antes, y tendrás en cuenta el

criterio de la junta directiva también. Pero en adelante serás tú quien asista diariamente, tienes la potestad de actuar en la mayoría de las operaciones y a futuro cuando hayas adquirido mayor experiencia, te harás cargo. ¿Qué opinas?

—Pues sí me agrada ese desafío, creo que ninguno de nosotros ve en Pierre la inclinación a trabajar en este sector. Sin embargo, no puedo aceptar ni declinar este ofrecimiento antes de haber escuchado lo que él tenga para decir.

Pierre de manera instantánea, sin requerir tiempo para analizarlo, contestó:

—No quiero dirigir el banco ni tengo las aptitudes para hacerlo. Preferiría manejar algo que sí sepa hacer bien.

Entonces, con el beneplácito de Frieda, Étienne dictaminó:

—La casa en la Costa Azul quedará inscrita a tu nombre Herman. Ahora es tu propiedad personal y solo tú tienes derecho sobre ella.

—Gracias papá, gracias, mamá. Me gusta, se ve moderna y es una excelente guarida para un soltero.

—Estás en la etapa de ser fiestero —anotó Étienne, pero junto a los privilegios vienen también las obligaciones, sobre tus hombros recae incrementar o al menos mantener el patrimonio de tus hermanos.

Étienne continuó:

—Para ti Pierre, junto a la nueva integrante de nuestra familia, será traspasada esta propiedad. Dispones de muchos acres para la protección del medio ambiente. Debes preservar lo que ha sido el orgullo de nuestro linaje durante generaciones.

decisión, que subrepticiamente los demás ya habían augurado con anterioridad.

Frieda demostraba una sincera satisfacción por el rumbo que había tomado la relación de estos jóvenes. Jia Li vendría a constituir algo así como un refuerzo en el frente femenino para dirigir de manera más emocional a esta familia conformada en su mayoría por hombres y dos de ellos con mentalidad bastante rígida por desenvolverse en el mundo de las matemáticas.

Étienne de nuevo tomó la palabra y continuó diciéndoles:
−Por esta feliz noticia, y también porque he comprendido que no vale la pena ignorar al reloj para trabajar de manera compulsiva, es que hoy les aviso cómo se van a dividir nuestros bienes. Si alguno está en desacuerdo puede manifestarlo. De todos modos, las acciones de la empresa quedan divididas en tres partes iguales una para cada uno de ustedes. No creo que haya necesidad de reiterarles que en adelante deben proceder como propietarios, lo que significa que junto con el disfrute de sus inmuebles, se harán responsables de todos los costos asociados al apropiado mantenimiento de estos.

Prosiguió hablando Étienne:
−Herman, pronto te graduarás en Administración y Finanzas, estás capacitado y muestras destreza. Es mi decisión que tú me sucedas en la gerencia general de nuestra firma. Obviamente deberás consultarme las decisiones importantes antes, y tendrás en cuenta el

criterio de la junta directiva también. Pero en adelante serás tú quien asista diariamente, tienes la potestad de actuar en la mayoría de las operaciones y a futuro cuando hayas adquirido mayor experiencia, te harás cargo. ¿Qué opinas?

–Pues sí me agrada ese desafío, creo que ninguno de nosotros ve en Pierre la inclinación a trabajar en este sector. Sin embargo, no puedo aceptar ni declinar este ofrecimiento antes de haber escuchado lo que él tenga para decir.

Pierre de manera instantánea, sin requerir tiempo para analizarlo, contestó:

–No quiero dirigir el banco ni tengo las aptitudes para hacerlo. Preferiría manejar algo que sí sepa hacer bien.

Entonces, con el beneplácito de Frieda, Étienne dictaminó:

–La casa en la Costa Azul quedará inscrita a tu nombre Herman. Ahora es tu propiedad personal y solo tú tienes derecho sobre ella.

–Gracias papá, gracias, mamá. Me gusta, se ve moderna y es una excelente guarida para un soltero.

–Estás en la etapa de ser fiestero –anotó Étienne, pero junto a los privilegios vienen también las obligaciones, sobre tus hombros recae incrementar o al menos mantener el patrimonio de tus hermanos.

Étienne continuó:

–Para ti Pierre, junto a la nueva integrante de nuestra familia, será traspasada esta propiedad. Dispones de muchos acres para la protección del medio ambiente. Debes preservar lo que ha sido el orgullo de nuestro linaje durante generaciones.

—Claro que sí papá, y gracias a ti mamá, no podría estar más feliz.

Entonces Érika rebosante de entusiasmo preguntó:
—¿Significa que yo me quedo con el pent—house de París? ¿Voy a vivir sola en ese apartamento?
—¡Por supuesto que no!— enfatizó Frieda de inmediato. No residirás sola en París ni en ninguna parte hasta que cumplas tu mayoría de edad.
—¿Y por qué ellos sí? ¿A mí no me dejan a causa de los "Vicios citadinos" como dices tú, mamá?

Intervino Étienne:
—No señorita, es a causa de que Pierre ya genera su propio sustento y el de su futura esposa. Y Herman hace prácticas en varias sucursales bancarias simultáneamente con sus clases. El dinero para sus gastos ya no sale de la tarjeta de crédito amparada.
—Me parece injusto, ya tengo 16 años.
—Cuando termines una carrera que asegure tu sostenimiento ulterior, decidirás por tu cuenta.
—Deberían concederme más tiempo y libertad para descubrir qué es lo que me gustaría hacer.
—Nada te estamos restringiendo. Cada Rothschild de esta estirpe ha aprendido a calibrar el valor de la moneda mediante el esfuerzo y a ganar un lugar por su lucha propia, no esperes bonificaciones gratuitas.

Terminado el protocolo formal para la repartición de los bienes, iniciaron una íntima celebración familiar por la buena fortuna de los novios y por el merecido descanso que los padres iban a disfrutar habiendo ya plantado la semilla de la cosecha futura.

Los hijos mayores quedaron satisfechos con la distribución. Jia Li ya se sentía levitando de felicidad por su romance, pero como cupón premiado extra, aunque su voto no contara ella prefería el terreno expandido de enmudecido horizonte, a la reducida casa playera en medio del bullicio cosmopolita.

El semblante del señor Rothschild lucía rozagante y Frieda a su lado, estaba feliz.

Algunos días más adelante Étienne le agradeció a Frank por lo que había hecho. También a Lewis, y a este último lo alabó diciéndole:
—Rinde homenaje a su nación y a sus ancestros, es usted un verdadero padre Cherokee.

Lewis se conmovió ante el elogio pues sabía a qué se refería. Un niño Cherokee pasa simbólicamente a la adultez mediante un ritual. Su padre lo lleva al bosque, venda sus ojos y se va. El chico debe permanecer sentado sólo y quieto durante toda la noche. Escucha los atemorizantes sonidos salvajes a su alrededor pero no debe huir porque superar el terror es la forma de probar a los ancianos de la tribu su coraje y valor como hombre. Le está prohibido hablar después a otros chicos sobre su experiencia y cumplir el pacto de silencio demuestra su honor. Cuando percibe la luz del sol puede retirarse la venda, y entonces ¿Qué ve? a su padre, quien pasó todo ese tiempo inmóvil a su lado. Con su propia vida protegería a su niño del peligro, y lo haría en absoluto silencio. Eso mismo hace todo buen padre.

9

La boda fue el evento social de la temporada. Gran cubrimiento por parte del mundo financiero y presencia de lo más granado de la banca europea. Nutrida asistencia de las socialités francesas del momento, y también de los magazines de moda que mostraban a sus seguidores las tendencias en alta costura para los festejos de gala.

Lógicamente estuvieron presentes los padres de Jia Li, quienes fueron recibidos de manera abierta con la naturalidad y sencillez que caracterizan a Frieda y a Étienne.

Reseñas sobre el acontecimiento se esparcieron también por Song Pan y por la misma Pekín, llegando hasta un laboratorio de física en donde un estupefacto Qiang las releía con escepticismo.

El padre de Jia Li, con mucha gratitud y cortesía declinó la oferta de ayudarle a adquirir una sede más amplia para su herbario. De ninguna manera quería alejarse del entorno en el cual él era considerado un personaje merecedor de respeto, muy apreciado por su colectividad. Liazng su esposa y Jia Li transigieron sin objeción pues comprendieron que él requería del diario reconocimiento de sus amigos para sentirse pleno.

Entre todos los invitados de alta alcurnia, aparte de los socios de la firma y los parientes, se encontraban los Smith. Frank lucía muy elegante en su frac de diseñador, puesto que la excelente presentación personal era indispensable para el único padrino de bodas que no había ingresado por sus propios medios a esa Catedral.

El acontecimiento tuvo lugar a mediados de noviembre de 2022.

Casi cuatro meses después, Étienne, Frank y Lewis realizaron la misma vigilia frente al monumento en Francia, que los Smith habían hecho un año atrás.

Durante el 22 de marzo de 2023, a ninguna hora se presentó la más mínima dispersión de nubes, ni precipitaciones de lluvia y menos corrientes de aire o neblina que obstruyeran la visibilidad. Entre las 5:49 y las 6:11h. de la tarde hubo un cielo despejado y una atmósfera transparente, que dejaron resplandecer ante la vista de todos, flores multicolores en las bases de las tres estatuas por igual.

La del soldado del Ejército, con rutilante dignidad mostró durante cada segundo la posición honrosa que enaltecía ahora a los 11 militares del Ejército de Francia, que allí dejaron plasmados sus nombres para la posteridad.

La casa de Los Alpes bajo la dirección de sus nuevos propietarios se ha transformado en un paraíso de respeto hacia la vida en todas sus manifestaciones. Pierre construyó nuevas dependencias, actualizadas y dotadas con la tecnología requerida para su objetivo. Funciona como refugio para animales silvestres en aprietos o domésticos que requieran recuperación por cualquier causa. Es gratuito y atiende a todas las especies. Algunos colegas de Pierre de manera loable donan parte de su tiempo para colaborar como voluntarios en esta altruista labor.

Dispone también de una central de adopciones, que ha significado un nuevo inicio para muchos animales cuya calidad de vida se ha incrementado, pues llegan a nuevos hogares que los acogen y les brindan una existencia exenta de sujeción, opresión o padecimientos. La retroalimentación con los nuevos protectores de cada Rothschild sea este cuadrúpedo, plumífero o de cualquier aspecto, es continua, de este modo Pierre ha verificado el bienestar de todos sus hijos, como él los denomina.

Jia Li continúa cosechando éxitos académicos en su universidad. Divide el tiempo entre su formación, el apoyo a su esposo en sus actividades y el mantenimiento de una huerta con plantas medicinales chinas que atiende junto a su madre. Liazng viaja con frecuencia entre Song Pan y Los Alpes, mostrándose siempre afable y contemplando con satisfacción que su esposo, su hija y su yerno son personas felices.

Se instalaron nuevas jardineras dispersas por los frentes de las habitaciones y todas relucen con fulgurantes Soldanellas de purpuras y azulados atavíos que enriquecen la vista.

Una mañana Pierre se encontraba trabajando en la sala de cómputo, hizo una pausa y fue a descansar caminando junto al lago. Cuando regresó notó que el pastel de pollo que tenía junto a una bebida como refrigerio, ya no estaba sobre el plato. Esa misma tarde otro bizcocho de pavo desapareció durante su breve ausencia. Entonces al día siguiente él ensayó dejando ubicados por diferentes puntos, vegetales surtidos, cacahuetes y nueces, fruta picada y alpiste. Ninguna de esas suculentas exquisiteces desapareció por lo cual se probaba que el intruso sería un ratón gourmet de paladar demasiado remilgado o que se trataría más bien de un ejemplar carnívoro.

Para desenmascarar el misterioso destino de los pasteles furtivos ya se requería de artillería pesada en materia detectivesca. Instaló estratégicamente una cámara de seguridad y como medida extra esparció talco blanco en el suelo alrededor de un plato con trocitos de pollo y jamón, con el fin de plasmar las huellas del "Bandido" y seguir el rastro de la dirección hacia la cual escapaba después de cometer sus fechorías. Pierre suponía que estaría ingresando por una ventana abierta, pero había que comprobar que no estuviera viviendo dentro de algún recodo o mueble en la sala misma.

La táctica dio resultado y el peludo ladrón fue filmado delinquiendo en flagrancia. Era un gato negro adulto, estaba famélico y demacrado, muchas cicatrices y heridas bajo su pelaje revelaban la vida de indigencia que había tenido que sobrellevar. Con constancia y cautos movimientos Pierre le fue demostrando que él era su amigo y que jamás le causaría ningún daño. Aquel huésped autoinvitado ya no tenía necesidad de hurtar porque Pierre le suministraba alimento clínicamente fortalecido para restablecer pronto su peso y salud, le hablaba con voz meliflua y aguardaba a gran distancia para que el comensal no llegara a sentirse intimidado. En contraprestación, el minino permanecía prolongadas horas recostado sobre un mullido tapete en un extremo apartado, acicalándose pero observando a Pierre mientras éste escribía o revisaba archivos.

Para evitar que tal vez sintieran tristeza, Étienne no le comentó a los demás sobre el collar y la placa hallados en la jardinera, pero evaluando a la reciente mascota de su hijo dedujo que sería descendiente en decimoquinta generación del Noir de Jean Pierre. Se percibía en él su herencia todavía y de algún modo se reflejaba en el nuevo, algo de la esencia del antecesor.

Y tenía razón. Aquel Noir original era el galán gatuno del sector y había engendrado una saludable prole junto a la gata tricolor de una residencia cercana pues el 99.99 % con 3 colores, son hembras. Cada siguiente generación había continuado teniendo sus respectivas camadas, hasta llegar a la época actual.

Uno de esos gatos modernos era el que Pierre había visto años atrás. Seguramente habría ejemplares de distintos tonos de pelambre, sin embargo sólo el de color negro acudía a revisar la jardinera de esa sala y lo hacía únicamente cuando percibía el renacimiento de las flores aunque fuera en su forma etérea. Pero al detectar que Pierre no sería por ese tiempo un reemplazo estable para Jean Pierre, perdía todo interés. Al último no lo había conocido, obvio, sin embargo conservaba algo que podría compararse casi que con una consigna genética hereditaria para cumplir tal misión, utilizando su arsenal perceptivo.

Durante las pasadas décadas todos los mininos habían vivido cómodamente en una mansión contigua, no obstante hacía un tiempo la familia propietaria se había radicado en el extranjero y la casa estaba deshabitada. Como es lógico se habían llevado a sus ronroneantes amigos junto con la mudanza, pues quieren mucho a los animales, pero uno se negó rotundamente a acompañarlos.

El que veía Pierre antes, era ahora un respetable anciano que por supuesto se había trasladado feliz con su familia a España, pues él consideraba que ya se había cumplido el relevo generacional y por tanto la vigilancia de la casa Rothschild era obligación de su hijo. Él había efectuado bien sus guardias y no había captado ningún "Pierre perdurable que reportar", entonces mejor prefería dormitar con placidez en clima más cálido con su parientes congéneres y humanos. De la camada que él tuvo, dos crías fueron transferidas al hogar de la hija de sus protectores, otra era Nala, una hembra de manto calicó, es decir de manchas diferenciadas en amarillo y negro sobre un color blanco predominante en la zona corporal inferior. Ella también vive en España con los otros.

El cuarto hermanito es el gato negro que decidió quedarse en la zona para no alejarse demasiado. Aun siendo apenas un pequeño, prefirió sobrevivir por su cuenta pero seguir esperando en su vivienda aunque ya estuviera vacía. En sus rondas de constante vigilancia buscaba al igual que lo habían hecho sus predecesores en "Ese cargo", a Jean Pierre o a un reemplazo convincente que cumpliera con los requisitos exigidos, los cuales eran:

–Que los otros humanos emitieran el sonido "Pierre" cuando lo llamaran al servirle la comida en su plato.

–Que viniera en tamaño grande como el original, lo que al parecer los humanos describían con un sonido así como "Adulto" y que además viviera dentro de esa construcción en forma fija, sin irse de nuevo.

–Y que se comprobara que sí fuera bondadoso con la especie que maúlla, mostrando instinto paternal.

El actual centinela verificó la llegada del hijo mayor a vivir en la casa Rothschild y en su felino razonamiento era "Un adecuado Pierre permanente" lo que resultaba muy buena señal. Y al parecer sus antepasados también habían aprobado esa elección porque ya no parecía sentirse ninguna interferencia vibracional o lo que fuera, relacionada con la jardinera en la sala de computación porque el collar había desaparecido. En consecuencia, sus bigotes, orejas y demás radares sensoriales le inducían a ir hacia esa vivienda dado que el objetivo finalmente se había alcanzado en forma cabal.

Y efectivamente, allá llegó. De manera paulatina fueron extinguiéndose los rezagos de su solitaria infancia y de su ancestral herencia. Étienne había predicho ambos factores y había acertado. El adoptado rehusaba permanecer en donde hubiera aparatos en funcionamiento tales como el horno microondas, un secador de cabello, etc. Siempre se alejaba de cualquier vehículo o de las puertas eléctricas. Aceptaba la presencia de personas aunque fueran apenas visitantes, sin embargo durante las primeras semanas huía despavorido cuando alguien encendía un televisor, un ordenador, tableta o móvil en video llamada. Regresaba sigilosamente cuando hubiera desaparecido tal extravagancia, pues él no había visto antes "Humanos comprimidos" hablando dentro de unas cajas.

Ahora ese desvalido felino se ha convertido en un gato de lustroso manto, hocico húmedo y ojos brillantes, con destellos de gratitud y felicidad. Sigue a Pierre y a Jia Li a donde quiera que ellos vayan, es el consentido absoluto y él mismo se considera el dueño del lugar. Suele encaramarse sobre el alféizar de la ventana en la sala de cómputo, y con un rítmico ronroneo observa *su reino* en completa tranquilidad. Sus penurias terminaron, llegó a donde pertenecía.

Pierre lo había bautizado provisionalmente como su "Petit Gardien Noir", lo que traduce, su "Pequeño Guardian Negro", mientras se le ocurría un nombre mejor. Por su parte Jia Li prefería abreviarlo a Noir por tanto ese diminutivo se quedó en forma definitiva. Desde luego también luce alrededor del cuello un colorido collar que sostiene la placa con su nombre grabado y en anexión más actualizada, un localizador GPS igual al que portan otros aventureros miembros de esa familia multiespecie. Ahora un airoso y robusto Noir se contonea con serena cadencia al patrullar inspeccionando sus posesiones.

Ha transcurrido el tiempo desde los primeros eventos, hoy es 6 de mayo de 2024. Frank pronto cumplirá 28 años y Jia Li ya se ha afianzado combinando con total aplomo las exigencias de la universidad junto a su rol de ama de casa, como lo hacen admirablemente millones de mujeres.

En los hogares protagonistas de este relato a ambas costas del océano, se instauraron nuevas tradiciones.

El viernes 22 de marzo Étienne Rothschild visitó el sepulcro de Jean Pierre, depositando un ramillete de bellas Soldanellas frescas en frente de su lápida. También presentó su respeto y recordación a cada integrante de la familia que reposa en ese panteón. De igual manera y previniendo que no pueda viajar él mismo, ha tomado acción para que cada año en esa misma fecha se coloque una imponente ofrenda floral a los militares en el tributo erigido en Lorena.

Dada su muy favorable situación financiera, él estableció la donación anual de una importante suma de dinero que se otorga a la dirección del patrimonio cultural encargada del cuidado de las efigies marciales en toda Francia. Bajo el discernimiento autónomo de la entidad se define a cuál de ellas se destina el apoyo cada año, sin ninguna injerencia del señor Rothschild pues a su juicio todos estos ilustres adalides son merecedores del más crecido honor. Él por su parte asiste cuando le es posible, a los actos en los cuales su Gobierno rinde homenaje a los preclaros Héroes de la Patria.

La familia Smith no está en posibilidad de dispensar tal donativo, pero tampoco ha omitido la trascendencia de esa fecha especial en marzo. Como estadounidenses que son, ellos fomentan el recogimiento y la deferencia debidos, el fin de semana anterior al último lunes del mes de mayo de cada año. Durante el Memorial Day, que en español llamamos Día de la Conmemoración de los Caídos, se honra a todos los egregios valientes que fallecieron en servicio en las Fuerzas Armadas de los Estados Unidos de América. Esta insigne y sentida fecha conmemorativa de carácter federal se cumple el último lunes de mayo sin variación, para rendir tributo al imperecedero legado de quienes hicieron la ofrenda suprema.

El 27 de mayo de este 2024, los Smith colocarán una bandera y varias amapolas sobre la base de algún centro edificado en alusión a estos héroes. Cada año acudirán a otro diferente hasta cuando sus medios lo permitan, para mostrar su respeto. El 22 de marzo enviaron un saludo a Étienne por su familiar y por los demás excelsos franceses de todas las épocas, caídos en el cumplimiento de su deber.

Unos y otros lamentan las guerras en curso por todo el orbe actualmente, pues en algún punto del planeta con lastimera congoja un nuevo equivalente a Jean Pierre exhala su último suspiro, apartado de sus seres queridos y lejos de la tierra a donde esperaba retornar. Jóvenes o mayores son pérdida irreparable porque todos eran el hijo, el esposo, padre o hermano de alguien, u otros vínculos que tuvieran y que les unían con lazos que se rompen abruptamente.

Inconmensurable mérito tiene todas las valerosas damas uniformadas en cuerpos militares, policiales o del ámbito de la seguridad, heroínas reales de cada jornada, las que arriesgan su vida cada día y las que se inmolaron con valor por una noble causa. De igual modo, extremo pesar causa la partida y sufrimiento de civiles abnegados, durante cualquier confrontación. A todos los anteriores honor y gloria, nuestro más sentido homenaje y consuelo a sus familias.

Hoy en día Étienne está aprendiendo inglés. No había iniciado antes por escasez de tiempo y porque contaba con que sus hijos ya lo hablaban con fluidez. Pero es consciente de la utilidad de las nuevas experiencias para ralentizar el deterioro cognitivo y está dispuesto a explorar lo que le ayude a aminorar la atrofia de cualquier órgano.

Cuestión aparte, en la recién adquirida modalidad de concederle mayor valor a lo inmaterial, él concibe cada día como a una pequeña vida en versión compacta, y entonces intenta ser lo más feliz que alcance durante cada una de ellas.

Es menos complicado dedicarse a la filosofía cuando uno cuenta con una estabilidad financiera ya resuelta, es evidente, y él también conoce esa cruda verdad, por lo mismo está intentando sacarle el mejor partido a su tiempo y a su tarjeta débito. Él y Frieda van ahora en un crucero de lujo navegando hacia Tahití como primer puerto, y en su porvenir figuran reservas para otros destinos exóticos. La ilusión de ambos es adquirir una casa más pequeña para su estrenada etapa de independencia, por parte de ella cercana a un spa y a muchas tiendas, y por la de él, anexa a algún exclusivo campo de golf.

Por su lado, los Smith han continuado con nuevas vivencias y los mismos retos que impone su situación. Siempre han sido personas agradecidas por lo que tienen y han sabido sortear con resiliencia las vicisitudes que el destino les ha deparado.

Permanecen en contacto con sus insuperables amigos. Cada integrante de la familia de Lewis y de la de Azucena ha seguido su propio camino personal, pero se mantienen todos unidos en el incondicional cariño que genera el hecho de haber reído y llorado juntos durante su transcurrir por este mundo.

Lewis se siente orgulloso de cada éxito de su hijo, sea grande o "Insignificante" como lo describirían algunas personas habituadas al funcionamiento normal del organismo. Por fortuna son pocos los que muestran esa carencia de empatía, pues la mayoría comprende lo difícil que esto es. Ha reemprendido sus compromisos, sin prórroga del más importante, el de procurar la plenitud de sus seres amados. Azucena realiza sus actividades rutinarias y jamás pretende la grandeza ni descollar ante los ojos de la gente, pero a los de su esposo y de su hijo no hay anochecer en que no sientan que algo especial ha hecho ella, por humilde o inadvertido que parezca.

Frank vive feliz consigo mismo, acepta lo que en suerte le ha tocado afrontar y se enfoca en las facetas positivas de su realidad. Nunca compara sus logros con los de quienes le rodean, no es una competencia y eso no deprime su espíritu jovial porque él calcula su propio valor por las medidas de la escala suya, no por las de los demás. Se le han practicado los tratamientos médicos disponibles hasta ahora y no han rendido los frutos esperados, pero ninguno de los tres espera un avance de envergadura surrealista para disfrutar de lo que sí se pueda, naturalmente tomando previsión para el futuro. Esto es lo que hay. Frank no añora fantásticas epopeyas dignas de prosa.

Se siente satisfecho con tener la vida para intentar algo moderado cada día. Es verdad que en este caso contó con el respaldo de sus padres y los recursos para viajar, no se discute, pero eso tampoco demerita que él intentó ayudar más, desde los 45 x 40 centímetros que mide el asiento de su silla de ruedas, que muchos que pueden recorrer kilómetros con sus propios pies.

Según dice, tratar de alcanzar una inmensa mejoría en el mundo sería inocencia y él no es tan ingenuo, pero no intentar hacer la ínfima mejoría que sí está a su alcance sería inconciencia y él no es tan egoísta.

www.ingramcontent.com/pod-product-compliance
Lightning Source LLC
LaVergne TN
LVHW091048100526
838202LV00077B/3089